息子の結婚披露宴の朝
妻のお気に入りの一枚
2012 年 11 月

妻50歳、息子の所属するグリークラブ定期演奏会で歌われた「樹木頌」の一節に感動し大作に挑む。生きる力をもらったという。（120 mm× 50 mm） 1997年11月作

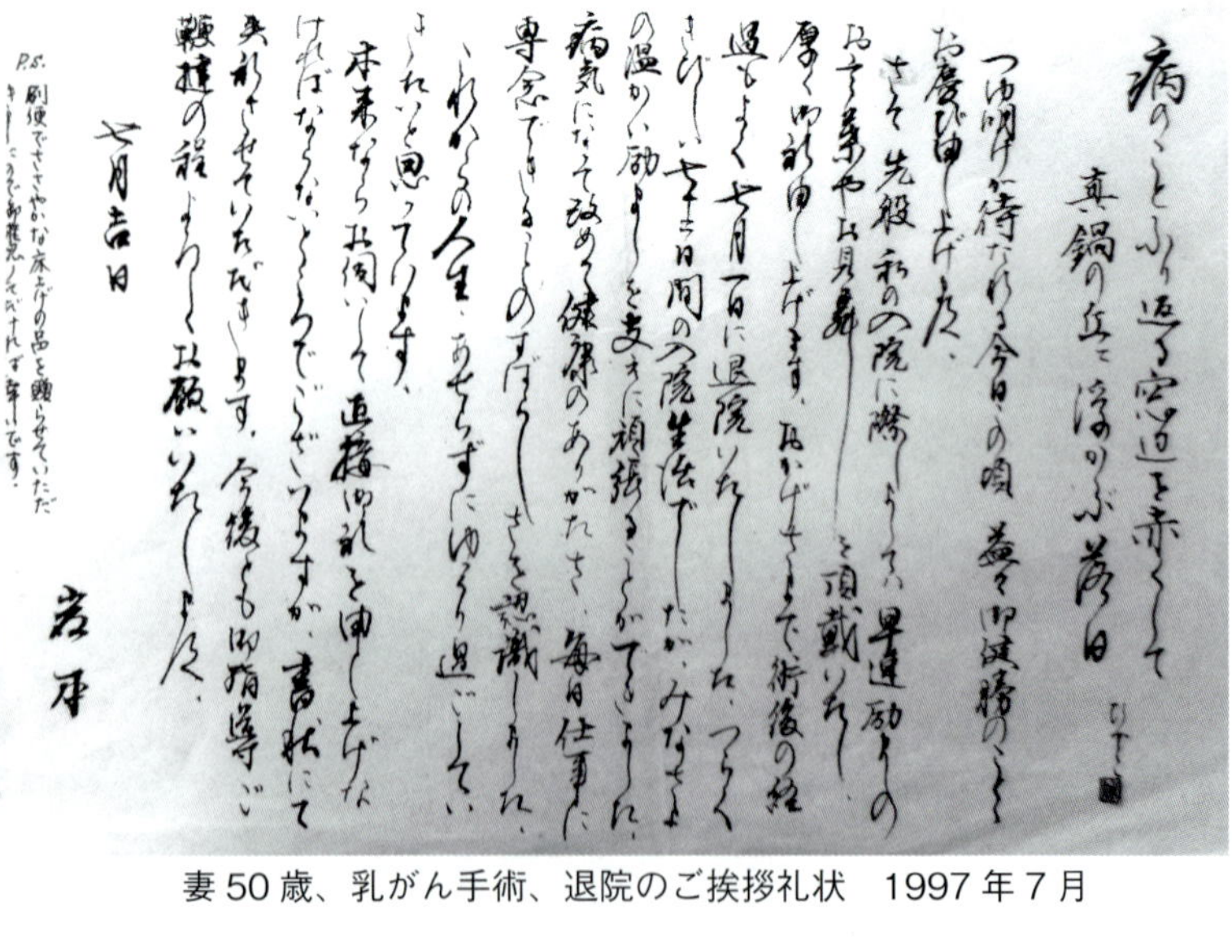
病のこと ふり返る窓辺を 赤くして
真鍋の丘に 溶けゆく落日　ひさこ

つゆ明けが待たれる今日この頃 益々御健勝のこととお慶び申し上げます。

さて 先般 私の入院に際しましては早速励ましのお言葉やお見舞を頂戴いたし厚く御礼申し上げます。おかげさまで術後の経過もよく七月一日に退院いたしました。つらくきびしい二十二日間の入院生活でしたが、みなさまの温かい励ましを支えに頑張ることができました。病気になって改めて健康のありがたさ、毎日仕事に専念できることのすばらしさを認識しました。これからの人生、あせらずにゆっくり過ごしていきたいと思っております。

本来ならお伺いして直接御礼を申し上げなければならないところでございますが、書状にて失礼させていただきます。今後とも御指導ご鞭撻の程よろしくお願いいたします。

七月吉日

P.S. 別便でささやかな床上げの品を贈らせていただきましたので御笑納くだされば幸いです。

妻50歳、乳がん手術、退院のご挨拶礼状　1997年7月

コスモスの私
派手でもなく
かれんに咲く
風邪が吹いても
雨が降っても
折れそうで折れない

妻はコスモスの花が大好きだっ

妻は実家から分けてもらったシ
クヤクの花をこよなく愛でた。
の裏には「母に捧げる」とあ
2010 年作

奄美大島あやまる岬にて
妻は、「島は幸せな気持ちにしてくれるの」とよく言っていた。
私達は八丈島、瀬戸内海の島々等、島をよく訪れた。
2011 年 6 月

がんの奥さんでごめんね

まえがきに代えて
——天国の妻へ——

母さんが旅立って5年になりました。私は古希になりました。

母さんに旅立たれた時、それまでに味わったことのない喪失感と孤独感で押しつぶされそうでした。人生の中にこんな悲しい別れがあることなど想像したこともありませんでした。この思いを抱いたままこれからの人生を歩んでいかなければならないのだろうかと思うと、生きていても仕方がないとまで思いました。

しかし、月日の経過と沢山の方々の支えにより、寂しさ、悲しさは変わりませんが、普通に生きられるようになりました。とりわけ母さんからもらった5通の手紙「お父さんへ」に綴られた一つひとつの言葉は生きる支えでした。

「お父さんは一人で生きられるよね」、「私の分まで強く生きてください」、「お父さんは人がいいからだまされやすいところがある。これだけが心配です」、「子どもたちや孫たちから好かれるおじいちゃんであってください」、「のびのびと生きてください。無理はしないでください。絶対にね」、「私はこれまでお父さんと歩いてこられて幸せだったです。ありがとう。生まれ変わってもまた一緒になろうね」……。

母さんの言葉は生きる力であり、「お守り」になっています。母さんの分まで生きています。「古希、益々好奇心旺盛」、やりたいことがいっぱいあって、あれもこれもと多忙な日々を送っています。退職以来、小・中・高校の先生方の校内研修のお手伝いを、そして、小中学生の「学習支援ボランティア」にも関わらせてもらっています。地域や公民館のお手伝い、海外一人旅もできるようになりました。楽しみの軸と社会貢献の軸がバランスよく回転するようになりました。母さんに全面的に頼っていた食事、その支度が億劫でなくなりました。むしろ食事を準備する楽しみや味わうことの楽しみを感じています。母さんが美味しいものに触れた時、「しあわせー」と言っていたけど、その感覚を大事にしています。

そして二人目の内孫が生まれました。可愛い、本当に可愛いです。

ところで、母さんとの闘病生活を本にまとめることにしました。

第一章は、母さんが克明に書き綴った1年間の闘病記です。

苦しさに立ち向かいながらも前向きに生きた母さんの強さ、辛い中でもいつも家族や夫を思う優しさ、その綴られた一つひとつの言葉が原動力になって私は今を生きています。

第二章は、母さんと一緒に闘病に立ち向かった私の奮戦記。

母さんは、書くことによって闘病に耐え、希望をもち、頑張る力をもらい、あるいはそのつらさを克服していたのかもしれません。私も母さんと同じように書くことによって力をもらい、自分をコントロールしてきたように思います。

第三章は、母さんに旅立たれ、絶望の淵からどのように心を立て直していったのか、私の回復と再生の記録です。寂しく悲しくて、母さんのことが浮かんできてはこまめにその時々のことを綴りました。不思議に落ち着いてくるんです。同時にこれから自分を見つけ出すことができたように思います。母さんへの感謝と報告です。

第四章には、「岩本英子を偲ぶ会――四十九日法要」その記録を載せました。

母さんへのお礼にと「偲ぶ会」に精一杯取り組んだことで私はどん底の状況から救われました。この「偲ぶ会」では母さんのプロフィールがいっぱい浮かび上がりました。それをお伝えします。

五章には、母さん50歳、突然襲った乳がん、絶望の淵から生還を願って互いに励まし合い綴った私たちの交換日記の一部を入れました。当時、雑誌「月刊がん・もっといい日」からの投稿依頼で生まれた「がんからの生還・交換ノートに込めた思い」です。

それから、富田京子さんの「弔辞」、鈴木健就さん、合田寅彦さん、小泉眞理子さんが書いてくださった寄稿文、そして長男裕志、長女恭子からの「母さんの思い出」を載せました。

書き始めてから3年、やっと完成です。

本書を母さんに捧げます。

二〇一八年　四月

目次

第一章　がんの奥さんでごめんね

——妻の闘病日記から——

2013年

お父さんへ

ごめんね、お父さん。もっともっとずっとそばにいてサポートするはずだったのに、何の天罰かこんなになってしまった。精一杯最後まで生きようとは思うけど、途中力尽きたらごめんなさい。本当にごめんなさい。

〔付記〕闘病日記は「お父さんへ」から始まっている。日付はないが他界する11カ月前の5月15日前後であろう。乳がんの胸膜転移で1ℓもの胸水を抜くという病状悪化の始まりの時期に書かれたものである。

5月17日

退院した時から変わらない。むしろ呼吸は厳しくなっているかも。今日は協同病院から結論の電話がかかってくる日。こんなに症状が出ているのに又待たされることになるだろう。進展は期待できない。

10時半、協同病院から連絡あり。5月21日、筑波大病院に来てくださいとのこと。滝口先生が頑張って後押ししてくれたのだと思う。

夫が胸水についてインターネットで調べた。私のは胸膜転移かもしれない。なかなか厳しい。アバスチン、タキソールが効くだろう、ということは記載されていたが、これが効かなかったら、余命○年○月の世界に入ってしまう。もう覚悟しなければと思うが辛すぎる。今日まで前向きで頑張ってきたのはいったい何だったのか。
夜、恭子から電話、心配している様子。本当に申し訳ないと思う。どうしようもない、この現実。

5月18日
朝はまずまずの調子。しかし、体を横にした方が楽という状況は変わらず。今までこんなことはなかったのに。庭をちょっと散歩すると呼吸が荒くなる。気のせいではない。今思えば、4月上旬、あのころが一番状態がよかったと思う。不調は感じなかった。
来るべき死を受け入れるのは大変だ。でもここまで追い詰められると意外と冷静になれるから不思議。もっと狼狽すると思ったのに。受け止めつつ、生への執念は持ち続けたい。

5月19日
5月晴れのよい日が続く。朝から体調が思わしくなく、朝ご飯を残す。夫に今の体調を話すと、夫も落ち込む。二人でさめざめと泣いた。しばらく泣いた。夫にこんな思いをさせてしまって本当に悪い妻だ。でもどうしようもない現実。残された時間を大切にするより仕方がない。
勇気を振り絞ってフラワーパークに買い物に行った。庭の仕事も少しやった。スイカの苗を植えた。スイカが実るころは今より元気になるといいなー。夫を残して逝くのはつらい。私がいないと何にもできない人なんだから。一日でもこの人の前にいてあげよう。そのために治療に励んでいこう。

5月20日
朝、調子が悪く、朝ご飯の用意は夫が。いつの間にか泣いている。何にも分かんない、情けない、と。聞けば、ヨーグルトにイチゴジャムだと思って梅みそをかけてしまったようだ。泣かないでお父さん、私もつらいから。
木崎さんから、バラ園見学の招待が来ている。朝の様子では無理かなと思ったけど10時頃なんとか行けそうになったので夫と行くことにした。木崎家ではゆっくりした時間が流れていた。紅茶、手作りの菓子をいただいてゆったりしたひとときを過ごせた。
いったん家に帰って来て休憩。12時過ぎにブレッドで食事。それから西松屋で買い物。さすがに疲れてどうかしそうだった。帰って来てゆっくりしていたら少しは落ち着いてきた。よかったー。でもすっかり病人になってしまいがっかりだ。本当にここから立ち直れるのだろうか。

先手先手を打って病気に勝つよう頑張ってきたのに残念だ。

5月21日
筑波大病院へ、夫に付き添われて初めての検診日。筑波大病院に入院。これも大変だった。

病名は乳がんの胸膜転移。はっきりと申し渡された。アバスチン、タキソールが効けばいいな。田上先生はじめスタッフの皆さんは、これは有効と言っている様子。今度こそ当たるといい。肺関係は始末が悪い。肝臓あたりだったらもっと楽だったろうに。

6時頃夫が仕事から戻って来た。裕志、栄子ちゃんも来て4人で談笑。なんだか元気が出てきたような気がした。

〔付記〕この日、主治医から「9月まで持てばいい」、と余命宣告。本人には知らせず。

5月22日
夫、疲れた顔で来てくれる。相当疲れているようで申し訳ない。

10時から3時まで、アバスチン、タキソール、吐き気止めと3つの点滴を行った。体がほてってきて、38度近くなったが平熱に戻り何とか乗り切った。呼吸も安定してきて全体に楽になった。どうかこの薬、強きがんを打ちのめし、平穏な日々が来るよう頑張ってほしい。

〔付記〕この日から抗がん剤治療が始まる。

5月23日
退院。5月晴れだった。栄子ちゃんがいろいろ気遣ってくれてうれしかった。家に帰って何だか熱っぽく、ベッドで横になりゴロゴロと過ごした。呼吸はそうしている限り苦しくない。それにしても入院はとても気持ちを安定させてくれた。実家に報告する。がっかりしている様子が伝わってくる。

5月24日
今日も五月晴れ。夫がよく面倒を見てくれる。本当に申し訳なく思う。朝起きて左胸の皮膚の様子を見る。やったー、昨日の鮮やかな赤とは確かに違っている。鮮やかさがとれてきたように思える。ひょっとしたら反応したのかもしれない。期待してしまう。

朝、ズッキーニの受粉をする。草がいっぱいで草取りもしたいのだが我慢をする。情けない。ばりばりやりたいのに。寛解期までもっていきたい、なんとかして。

5月27日

民生委員等の小幡小学校訪問。調子は悪かったが夫に送迎してもらい出席する。

5月30日

「心配ごと相談」、どうしようかなと思ったが出かける。2時間何とか勤められてよかった。

6月1日

恭子たち、裕志たちが来てくれる。何もやらずにみんなやってもらったので疲れなし。孫たちの成長がうれしかった。

夫がプルミエールクリニックに相談に行く。先が見えてきたと、うれしそうな声で連絡が入る。「まだまだ……(大丈夫の意味)」と言われてきたということだった。筑波大病院の西洋医学の治療と、プレミエールの免疫療法、これを組み合わせることで効果が出てくるといいなと思う。

〔付記〕４月から東京プレミエールの免疫療法治療を受けている。

６月６日
胸の赤みが殆どなくなる。体調もよくなり、家のことをやったりご飯の支度が苦にならずできるようになり、うれしい。

６月７日
体の方はとても元気。しかし、下を向くと胸のあたりの違和感は、ここ２日くらい前よりひどくなっているように感じる。胸水がたまっている時（５月上旬）と同じ症状。不安感はぬぐえない。

６月15日
久しぶりにプレミエールに行く。息切れすることもなく東京に行って来られて本当によかった。費用はかかるがこれにかけてみよう。

６月19日
徐々に抗がん剤の副作用と思われる症状が出てくる。足の付け根、足の裏などが痛む。

立ってまっすぐ歩けない。

6月23日

栄子ちゃん、裕志と4人でジャガイモ掘り、幸せなひとときだった。梅雨の合間、晴れ間があり、心地よい風が吹いている。

7月2日

4回目のアバスチン、タキソールの投与。胸水がかなり減っていた。マーカーも122.16.6と両方とも下がって薬も効いているという判定を得た。

7月12日

すいか8個もぎる。うれしい収穫の時。

7月13日

プレミエールへ。ちょっと不安はあったが一人で行った。行って来られてよかった。星野先生もびっくりしていた。上野先生が昨日亡くなったとのこと、ショックを受ける。

私の教員人生で最も尊敬のできる先生だったから。

7月16日

筑波大病院に行く日。栄子ちゃんに送ってもらう。とてもいい娘。家族が増えてよかったと思った。

7月17日

この1週間、元気週間のはずなのに今度は片頭痛、足の痛みと2つはきつい。気持ちがへこみそう。鍼に行く。呼吸、苦しくないが健康な時とは違う。こうして命は刻々と縮んでいるのだろうなと思う。もう来年の夏はないのかも、とも思う。

7月18日

今日は峠を越えたかなという感じで少しは楽になった。

7月23日

予定通り5回目の抗がん剤、効いているうちは続けるという。もうずっと薬に頼るしかない生活。薬が効かなくなったら人生もそこで終わり。ああ……。

7月25日
飯塚先生のところへ行く。「元気そうだね」と言われ、それ以上は語れなかった。もうカウントダウンに入っているなんてとても言えない。

7月26日
もう命の限界。今より元気になることがあるのだろうか。
夫は伊東へ研修に、今日から三日間、寂しい。朝夕と畑仕事をして気を紛らす。夜はぐっすり眠る。

7月27日
朝夕畑仕事をする。夕方、高野さん、木崎さんのお宅に届け物をする。買い物にも行く。夫がいない間、おいしいものを食べちゃえとは思いつつも、それは中々できないものだ。一人でも栄養バランスを考えて揃える。

7月28日
あっという間の3日目。朝、種を蒔く。それからテレビ三昧。何とも身体の方は本調子でない。ゴロゴロしていた方が楽。来年の夏はないかも、またこのことが浮かび上がってきた。命の限界を。今より元気になる日があるのだろうか。

8月20日
抗がん剤　アバスチン、タキソール7回目　午前8時から午後3時　1日がかり。

8月21日
副作用そんなに感じず。夜、山ノ荘小会に行く。

8月24日
倦怠感がすごい。胸の息苦しさと言ったらよいか、呼吸するのにも圧迫感がありとてもつらかった。今までで一番ひどかった。こんなに副作用がひどくなってはこれから先思いやられる。暗い気持ちになった。

8月25日
何とも体がつらい。胸の圧迫感があり、これは病状が悪化しているためなのか、アバスチンの副作用なのかは不明。

午後、高橋先生、櫻井朝子先生との昼食会に行く。よかった、実現できてと思いつつ、何だか寂しかった。

8月26日

夫に叱られる、というより怒らせてしまった。どうしようもないジレンマに悲しかった。みんな私の体調の見通しがつかないから。ほんとに悲しいことだ。闘病を支える夫に、心配かけないように明るく生き抜こうと思った。

8月28日

民生委員の定例会。辞めようと思い会長に申し出たが受け付けてもらえなかった。体調が悪いとは言えず苦しいところだ。あと3年間、果たして持つのだろうか。元気で勤めたいと思うのだが。

8月29日

夫は一日エキストラ。帰って来ていろいろ土産話。楽しかった。

8月30日

夫に昨日の「夢のあと」に連れてってもらう。体は元気になりつつあるが胸のあたりが気になる。

栄子ちゃん、裕志と4人で旅行に行けるように頑張ろう。野菜を届けてやろうと思うけどその元気もなく、取りに来てとも言えず。

9月2日

富田先生と久しぶりに食事。7／9以来だ。ゆったりしたいい時間だった。闘病中のことを忘れてしまうほどだった。

9月3日　病院にて

今はどきどき、マーカーが少しでも下がっていてくれることを祈るのみ。それにしても間もなく結果が出る。少しでも下がっていますように。祈る。祈る。祈る。薬が効かなくなったらそれこそ先が見えるようなものだから。プレミエールの免疫療法を始めて2カ月半、そろそろ効果を発揮してほしい。

今、化学療法室のベッドの上。少々気持ちは沈みがち。何と今日はショッキングなことが。あれほど期待していたマーカーが2つとも上昇。それもものすごい勢いで、くらくらして記憶に留められないくらいだった。ただ一つの救いは、アバスチンが効いているとかで胸水はたまっていなかったこと。
今トイレに行った。廊下で待っている夫の横顔、寂しげだった。本当にすまないと思う。あとどのくらい生きられるのか、半年、一年、でも近い将来と考えて、毎日精一杯生きるしかない。

9月4日
3度目の手術以来、気持ちだけ焦ってすべて後手後手、もっと強力にドアを開ければよかった。後悔の念が募るばかり。すべて後のまつり。とにかく身辺整理、急がなければなと思っている。肺関係だけに思ったより早いかもしれないから。
6月、7月と明るく前向きに生きられた時間だった。そんな時がもう一度来ればいい。プレミエールの松島先生から来電。免疫療法、効果が上がっていない。効いていないということばは使わなかったが、考え時というような表現をされた。9／28に3人の医師で今後の対応を考えておくとのことだった。

9月6日
気分的に重い。副作用はさほどではないがさすがに気持ち的に参っている。いよいよエンディングに向けてカウントダウンか。希望なんてないような気がする。一日一日大切に過ごしていきたい。
夫と真壁の方をドライブ、副作用はそんなにきつくないが疲れた感じ。動きは鈍くなっている。こうしてどんどん弱っていき命がなくなるのだろう。残念だ。本当に未来を描きたい。オリンピック招致のことが話題になっている。7年後まで夢を描けたらい い。しかし、今の自分の状態だと近い将来の幕引きを意識せざるを得ない。

9月7日
副作用、さほどではない。しかし体全体は何となく普通とは違う。普通とはどんな状態なのか忘れてしまった。
近いうちに来るだろう死への恐怖、精神的につらいものがある。無理だよな、普通に過ごすことは。誰にも言えない心のうち。

9月8日
2020オリンピック東京決定の瞬間を夫と見届けた。「お母さん、あと7年がんばろう」、夫はそう言った。「ごめん……私、このオリンピックまでは生きられない」あと半年、一年のレベルなのに。何かとても悲しかった。奇跡が起これぱいい、奇跡が……。
夫は知事選の立会人。一日中一人、不安で不安でたまらない。これからどうなるのだろうか。この不安を夫にも語れない。心配して夫も落ち込むような気がして。夫婦だから共有したいけど夫にこれ以上心配かけては……という思いがある。

9月9日

テレビはオリンピック招致で湧いている。この調子ではとても7年後までは生きられない。この招致に湧く日本だけは記憶しておこうと繰り返しビデオを見る。

9月10日

筑波大病院に来ている。これから毎週……。この危機から脱出する方法はないのだろうか。丹羽先生の顔がちらつく。

16年前、CTや骨シンチをやる時、いつも祈るような気持ちだった。今回のことは3回目はないだろうという判断……食い止められなかったことに後悔が残る。

私は自分の体を酷使してきた。生まれつきそんなに丈夫ではないのに気だけは誰にも負けないものを持っていたので気力だけでがんばってきたような気がする。もっとゆったりとした生き方ができるタイプだったら、ひょっとして2回目、3回目はなかったかもしれない。教頭としてのがんばり、娘、息子のことでストレス、今思うとよく風邪をひいていた。それでも市販の薬を飲みながら勤務した。それを無理というのだろう。今更遅いが自分の体力を家族のために使えず、結果的にこんな人生の末路を歩まなければならなくなったこと、家族にお詫びしなければならない。もう一度やり直せるなら一回目の手術の後、丹羽先生に巡り合ったころからやり直したい。

〔付記〕丹羽先生～16年前の最初の乳がん手術後、「丹羽がん療法」を受け続けてきた。リンパ腺転移という状況の中で転移はいつあってもおかしくない状況だったが、その後がんに侵されることはなかった。

9月11日
毎日「遺書」書きばかりやっていると本当にダメだ。自分を奮い立たせていこうと思う。
何か今日の目標を決めて乗り切っていかなければと思った。3か所の買い物、そして菜類の種蒔き、何とか乗り切れた。

9月12日
猪瀬都知事がテレビに出演、奥様が急に亡くなった話に涙しておられた。私も涙した。妻を亡くした人がたくさんいる。お父さん、もし私を失っても強く生きてほしい。みんな乗り越え頑張っているんだから。
夜、父さんと海成のまねをして遊んだ。海成のまねはほんとに楽しい。

9月15日
11時、裕志と栄子ちゃんが来てそばやで昼食。その後我が家でティータイム。とても楽しいひとときだった。2人はリフォームを実行に移したいらしい。私の体、体力がどれだけ持つか自信はないが、2人はこちらに戻ることを考えているというのだからできる限り協力したい。しかし私の体は厳しい状況。彼らは余り認識できていないみたいだ。
2時、恭子からアンマン届く。亜衣ちゃんからのメダルをかけて夫もごきげん。

9月17日
お店に栄子ちゃんがいなかった。残念。なぜか会いたくなる人なのだ。家族の大事な一員だから。
今日3つ、いいことがあった。カネキのカウンターで夫とカンパイ。この分だと亜衣ちゃんの運動会には行けそう。「安定しているね」と田上先生。マーカーだけが気になるが。　時々思う。マーカーが劇的に下がった。大喜びする自分を想像してみる。

マーカーが　劇的に下がったと　大喜びする姿描いて　鼓舞する私
新薬がどんどん出ている　希望をもってがんばって　主治医との別れ　運命の岐路

田上先生、今日で終わりとか、「希望をもってがんばるように」と励まされる。夕焼けがきれいだ。夕食前に夫とふじ山の下まで見に行った。この世とは思えぬような素敵な夕景であった。

つくば山　赤と黒とのシルエット　台風一過の　夕焼けの空

9月18日
今日は快晴、気分もよい。夕べはうれしさのあまりなかなか寝付かれなかった。小さな3つの幸せに酔いしれた一夜だった。
朝、白菜の植え付け。3時から草取り、庭仕事。不思議、人間ってこんなに元気になれるんだ。副作用なんて忘れた一日、幸せな日だった。昼はココスのバイキングへ。変化を持たせることでこの難局を乗り切りたい。
裕志と栄子ちゃん、結婚一周年記念日、メールを入れた。恭子はいよいよ勤めが始まるようだ。

夫が新聞切り抜きでまた新しい情報を探してきた。電話してセミナーに参加することにした。ＡＮＫ細胞療法、なんだか希望がもてそうな気がする。

９月19日

夜、ガンの根源、ガン幹細胞のことについてテレビで放映された。これをたたく薬が開発されればガンは根治できると。20年後は80％生存率に、と言っていた。でも私にはちょっと間に合わないかもしれない。でも希望をもっていれば道は開かれるということか。

副作用が強いはずなのにこんなに普通に過ごせて、これはどういうことなんだろう。不思議だ。

９月20日

富田先生と食事。副作用もそんなにひどくなく血圧も安定しているらしい。富田さんが疲れている様子が気になった。

夕方、夫は民生委員の仕事に協力してくれた。なんとか元気に過ごせていることがうれしい。夫が言った。「マーカーも下がっているような気がする」私も本当にそう思った。

明日は東京へ。ＡＮＫ免疫細胞療法のセミナー、また新たなヒントが見い出せたらうれしい。

９月21日

東京へ。ＡＮＫ免疫療法のセミナーに参加。今まで受けてきた２つの免疫療法、これは否定された。ほとんど効果なしと。ちょっと差し引いても転換せざるを得ないのかなと思った。夫も今までのとは精度が違うと言っている。とても強力に訴えるところがあった。しかし、１クール400万と高額。受けた方がいいと夫は言ってくれた。ひょっとしたら再出発。納得したらやってみるしかない。

９月22日

気分がいい、病気のことを忘れるほど調子のいいこともある。夕方畑仕事、とても気持ちがよかった。

夫は免疫療法についてインターネットでいろいろ調べてくれた。なぜか先が見えてきたような感じ。先を求めていくしかない。自分で扉を開けるしかない。

９月24日

夫と石毛クリニックに切り替えることについてとことん話し合った。プルミエールに未練はあるが、客観的に判断して、今切り替えることが大切との結論に達した。病院の電話ボックスで、石毛クリニックの予約を取った。根治をめざすＡＮＫ療法、これに託してみたい。

栄子ちゃんに会う。彼女に会うとすがすがしい気分になり、病気のことを忘れて、できるだけ長く彼女のそばで見守ってやりたいと思う。仕事をしている姿はすてきだ。

９月25日

イチジク最高の収穫。２軒に配り、1.5kgはジャムにした。

病歴をまとめて石毛クリニックに送った。

９月26日

今日は協同病院を断り、プレミエール延期、これでいいんだと思いながら買い物へ。買い物もだんだん大変になってきた。本当に時間がかかる。明日は本当に希望の日になるのか。

稀勢の里、日馬富士を破る。楽天、マー君が優勝かけてがんばる。

9月27日

4時起きして今日は東京の石毛クリニックに行く。興奮してか血圧は今朝から高め。160、これにはビックリ……。東京を歩くのはつらい、ゆっくりゆっくり歩く。一年前は階段をひょいひょい上っていたことを思うと随分弱ったものだ。

石毛先生にお会いしてお話を聞く。ステージⅣ、4クール必要との話にびっくり……、でもやるしかない。夫とともにそう思った。このままだったら抗がん剤で命が縮むわけだから。9月の抗がん剤は大変だった。口の中のあれ、味覚はなくなった。手足の指先のしびれ、足の弱りなどで。夫とよくよく話し合って、ANK細胞療法を受けることにする。不安ではあるが生活の質を上げたり、うまくいけばかなりの治療効果が上がることに期待したい。

9月28日

今日はすがすがしいよい天気。夫は地区民運動会へ。私は洗濯したり、除草剤をやったり、一日満喫した。友人に電話したいとも思ったが、その気にならず一人で過ごす。とみちゃんが珍しく午前中来ておしゃべり。

ANKに挑戦しなかったら私は少しの延命だけ。夫が余命宣告されていたことはやっぱりショックだった。我が家の資産をまとめる。

9月29日

気分は悪くない。手足のしびれあり。ここのところたんが出る（無色）。落ち葉を燃す。

不安でたまらない。この決断が吉と出るか、凶と出るか……。夫に話すと夫は本を読んだりしてすっかりその気になっている。私の生きる道は、抗がん剤オンリーでは近い将来（一年以内か半年か）天国行き。少しでも先を求めて自ら希望の扉を開けなければそうなる。それは、80％以上の確率で……。

私はもっと生きたい。生きたい。生きたい。夫や子どもたちのためにもっと生きたい。

9月30日

2時、石毛クリニックに電話する。10月2日はCT。主治医との対応については「正直に話すと、『ここでは面倒見られません』と放り出されてしまうケースが多い。『抗がん剤を休みたい、体調が戻ったら連絡します』と言ったほうがいい」とアドバイスを受けた。しかし、半年もこれで通せるのか。

それから、抗がん剤をやらないことで……。ここで石毛クリニックの堀さんから電話。HER2が16、十分ハーセプチンが使用できるとのこと。なんだかよく分からないけど、よかった。

10月1日

筑波大病院。定期治療の日が来た。坂東先生に免疫療法のことをどう話すか、堀さんのアドバイスのように話すことはできない、正直に話そう、以下のように話そうと診察に臨んだ。

「ご相談があるのですが、聞いていただけますか。5月入院時、余命を宣告された。今なんとかここまで持ちこたえているのは、筑波大病院の先生や高度な医療のお蔭だと思う。9月は毎週抗がん剤で結構副作用も出てきている。この10日間、夫といろいろな情報を集め検討した。免疫療法はいろいろ出回っているが、ANK細胞療法にたどり着いた。この治療を受けてみたい。この治療を先生に内緒で受けることも可能、しかし、私にはそれはできない。正直にお話しておきたい。凶と出るか吉と出るかは分からない。あくまでも自らの責任で。先生には引き続きお願いしたい」と。

しかし、それは突然、このシミレーションの必要はなく、あっけなくうれしい結果に終わった。「お金がかかることだし、医学的にまだ実証されている分野ではないので勧めることはできないが、患者さんが希望するのであればダメというものではない」、と坂東先生。「分かりました」と理解を示してくれた上に、これからも診てくださるということだった。先生の懐の深さに本当に感動した。これでまっしぐらにＡＮＫ療法に進める。光を求めて。

ＣＥＡは更に上がり、ＣＡ15.3は少しよかった。坂東先生は、「マーカーに振り回されることなく、事実を見て進めていきましょう」とおっしゃった。

ＡＮＫ療法でこの値が下がるといいな。なぜか今までより期待してしまう。

10月2日

中島クリニックにＣＴを撮りに、バスで行った。到着するまではらはらだった。私は余裕がないとダメだ。東京までの道のりはやはり疲れる。ＡＮＫ療法の準備が始まる私の新しい出発だと思ってがんばるしかない。マーカーを下げるにはこれしかないから。夫はよく付き合ってくれる。二人でニュウトウキョウでランチ、千三百円、ささやかな楽しみだ。

10月4日

石毛先生に坂東先生の話をすると、感動して著書を持って来て「坂東先生に献本して」と依頼された。

私は石毛先生に人生の大きな賭けを託す。最後の治療法だと石毛先生。私もそう思うから。なんだか効きそうな気がする。マーカーも下がりそうな気がする。いろいろ手を尽くしても下がらなかったマーカーが下がるような気がする。人生最大の賭け、今度はうまくいきそう、いくといいなー。

今、石川町駅。久しぶりに横浜へ。3時までに着けばいいのでゆったりした旅。今日は石毛クリニックでハーセプチンの点滴。副作用が心配されたが今のところ大丈夫みたい。恭子のところへ行ってもマイペースで過ごさせてもらおうと思う。空はどんより曇り、明日の孫の運動会はきびしい模様。

孫たちに元気をもらい楽しく過ごす。しかしさすがに疲れる。夜はぐっすり眠れそうだ。恭子、和正君には免疫療法のことは言えなかった。筑波大病院でのことだけを話す。月曜日までの滞在はちょっと長いがマイペースでがんばろうと思う。ハーセプチンの副作用はなんとか乗り切れそうだ。

10月5日

恭子のところにいる。久しぶり、3月以来だと思う。亜衣ちゃんの運動会は中止。だとすると2日間の滞在は長い。それだけで疲れた。

昼頃、福ちゃんのお母さんが来てくれておしゃべり。お見舞いを持って来てくださったが受けなかった。

昨夜はなんだか脈が速かったように思う。ドキドキと心臓の鼓動がよく聞こえた。そして今は、体全体がむくんでいるように思える。みんな薬の影響だと思う。

10月6日
昨夜はぐっすり眠った。左胸上を向いて寝るとヒーヒー聞こえる。これは4月頃と同じ。しかし、あの頃のようにはたまっていないと思うけど。ANKへの切り替え途中、何か不安がのぞく。
昨日はこちらのお母さんから言われたが、手足、顔に若干のむくみがあるように思う。便尿ともよく出ているので心配ないと思うが。
環境の変化というか、私にはやっぱりみどりの家がいい。孫たちと遊ぶのも楽しいが、どうも疲労感が残り、鼻が詰まったりして……。今日、勇気ある撤退をしたほうがいいのかなと思う。明日、運動会を見るだけの体力と気持ちの余裕がなくなっている。ここは我慢しないで勇気ある決断をしようと思う。本当は一昨日一旦家に帰り、ゆっくりして今日夕方来るようなスケジュールにすればよかった。

10月7日
やっぱり昨日帰って来てよかった。今日は目が再び充血、血圧も高い状態が続いている。体重も51.4kgとハーセプチンをやる前より1kg多い。足のむくみもひどい。

夜上向きで寝ると4月頃に聞こえたヒーヒーという音が左肺から聞こえる。これって4月頃の胸水がたまっている状態と同じではないか。不安が募るばかり。これを気にして夜も眠れなかった。坂東先生は10月8日に抗がん剤とおっしゃっていたので、まだその範囲内、そんなに進行しているとも思えないけれど。でも、不安、不安、不安……。

亜衣ちゃんの運動会に出られなくて残念だった。だけど今の状態では厳しい。気持ちの面でも自信がなくなっていることも大きい。

10月8日
久保田さんの書類を持って社会福祉協議会へ。その後、銀行、郵便局を回りお金の工面、あっという間に減っていくのには言いようのないものを感じる。書類を書いているうちに頭が痛くなった。

昼寝をすると、ヒーヒーと聞こえる変な音。不安でいっぱい、不安でいっぱい……。

プルミエールの先生から来電。よく話を聞いてくれるのが有難い。話を損得なしで聞いてくれる先生、No1だ。でも患者側からすると効果ないと。

気のせいだろうか、胸の辺りが変なのだ。

10月9日

夫は潮来へ。

午前中芳師渡さんより来電、30分話した。「私も同じ立場だったら免疫療法を受けていたと思う。」、心強い言葉をいただいた。今日は胸の圧迫感以外は調子よかったと思う。胸は気になる。ひょっとしたらまた胸水が……。この不安はどうしようもない。さすがに畑仕事などやる気なし。テレビを見て過ごす。

こんなにお金を使っていいのだろうか。治るあてもないのに。でも人間って不思議。石毛クリニックで、ANK細胞療法を受けたら、どんどんマーカーが下がり、奇跡的に標準値になりました。こんなドラマを演じてしまう。

10月10日

明日の準備をする。体調はまずまずだが胸が変なのは変わらず。不安は消えず。目は少し赤みが取れてきた。抗がん剤が少し取れてきたように思う。しかし、胸の水のことがそれにしても気になる。このブランクのあいだに水がたまったらどうしようと思ってしまう。一つのかけだから。

ほうれん草の種を蒔く。タバコ屋の栄子さんとメロンを食べる。

10月13日

血圧高め。胸水のほかは元気だ。でも不安は増している。アバスチンからハーセプチンに変わったこと。これで胸水が急にたまったというように思えるから。アバスチンの方がハーセプチンより強いから胸水は抑えられていた。急に変わったから急に水が増えたのではないか。自分でこの変化を招いてしまったのではないのか。そう思うと、いてもたっても不安に駆られるのだ。

石毛先生は期待感のあるコメントを言ってくださった。「この人のがん細胞はそうは広がっていないかもしれない。何とかなりそうだよ」。でも、このあまりに早い胸水の貯留に戸惑いを隠せない。どうしたらよいのか分からない。

風呂上がりに首が痛くなった。左目も変だと思って鏡を見たらまた充血していた。これで3度目である。何か変。体は元気なんだけど。

10月14日

夜はぐっすり眠れるけど痰は出るし、ヒーヒー音は昨夜はそうでもなかった。気がつかなかったからかもしれないが。

不安の原因を夫と話し合った。

抗がん剤をやり続けたら弱っていってそれで終わってしまう。抗がん剤は効果がなくなる時がある。ＡＮＫ免疫療法は回を重ねるごとに効果が出てくるはず。全身の大掃除（ガン細胞の）ともなる。しかし、この胸水がたまる現実をどう乗り切るか。神のみぞ知る。私の運命……誰かに聞きたい。叫びたい。私も夫も答えは出せない。石毛先生は前向きにとおっしゃっているが、本当に信じていいんだよね。

10月15日

胸水と血圧の件で坂東先生に予約を入れていただき診察を受ける。ドキドキ緊張したが、「胸水があるのはあるけれど、針を刺して取るほどではない。5月の頃と変化なし、急激にたまっているわけではないので気にしなくていいと思う。針を刺して取るのは息苦しいとかの症状が出たら……」というような坂東先生の弁。

検体が取れなかったのは残念だが、これはこれでよかったのではないか。急に増えてないのにほっとした。坂東先生、とてもよく話を聞いてくださったが、他院で撮ったデータについては見向きもしなかった。こういうものかもしれない。

10月16日

10年ぶりと言われた大型台風、しかし騒ぎほどでなくてよかった。

胸の違和感あり。体そのものは元気なのだが。食欲もあるし体そのものは元気なんだよ。どうか無事に全治療が終了しますように。
仁美さんから来電。みんな元気でよかった。

10月17日
石毛クリニックへ。ハーセプチン点滴3回目。一時間で無事終了。やっている間、ハーハーゼイゼイという音無し。不思議。胸の圧迫感はあるものの体は元気。神様どうぞ幸運をお与えください。祈るのみ。これから、昼は何を食べようか。それだけが楽しみ。
4時帰宅。夫はよく付き合ってくれる。本当にありがたいことだ。この人のために奇跡を起こしたい。血圧が高い状態は今も続いている。

10月18日
富田さんと食事。彼女の配慮は本当にありがたい。楽しく過ごせた。1クール400万の値段に驚く。私だってそうだが段々麻痺していくのが怖い。

10月19日
どういうことだろう。今日はここ3～4日より胸の圧迫感が少ないように思えた。夫と共に柳川にタマネギの苗を買いに行った。150本、私って後どのくらい生きられるか分からないのにすごいな。
夫は区長会役員会に行った。夕食は一人。ゆっくりフィギュアアメリカ大会を見た。町田91、小塚77.52、高橋77.05、高橋がやばい。失敗の連続。町田の伸びはすごい。去年とまるで違う。ひょっとしたら、表現、ジャンプと揃っている町田がトップかもしれない。（私の目）

10月20日
雨の日は憂うつ。フィギュアを見たりしてこたつへ入って過ごす。雨が降り出す前にと玉ねぎを植えたが途中で雨が降り出し中止。買い物も行かず、あるものを工夫して食べた。
胸の圧迫感は思ったほどではないが、寝るとヒーヒー、前より痰がよく出る。夏物の衣服を整理すると、ああ来年の夏あたりかな……と思ってしまう。
ＡＮＫにすべてをかける。どうかこのかけに当たりますように。

10月21日
太陽の日差しは何と言ってもよい。気分がよい。胸の圧迫感は日に日に増しているように思える。下を向くのがおっくうになっている。これって5月頃と同じだよね。本当にこれでよかったのかふらつく。体は元気、今日も夫とともに玉ねぎを植えた。小豆ももぎった。じゃがいもの芽をかいた。

明日は念願のＮＨＫ歌謡コンサートに行くことになっている。信じられない。

明後日はハーセプチン点滴。夫とゆっくり行けると思っていたら、もう予定は入っていて明日は一人で泊まり、もう慣れているとは言え、いやだなあ。でもそうは言っていられない。

フィギュアアメリカ大会　町田優勝、浅田優勝。

10月22日
念願のＮＨＫ歌謡コンサートに行った。なかなか歩く距離も多かったが、そんなに疲れることもなく行けたことがとてもうれしい。夫はいろいろ気を配ってくれてありがたかった。夫の支援がなかったら行けなかった。夫はホテルまで送ってくれてその足で家に帰った。私はホテルに一泊。明日ハーセプチンの点滴に行く。周りの音に起こされなかなか寝付かれなかった。
左足のむくみがひどく、血管痛もあり。

10月23日

3時、5時と目が覚めた。6時20分起床。体操、コラーゲンを食べる。左足、左手むくみあり。若干の疲労感あり。朝食をどうしようかと思ったが、ぶどう、みかんなどを食べて出かけようと思う。

9時15分石毛クリニック着。9時30分には始まった。10時40分終了。タクシーで東京駅まで移動。11時30分のバスに乗り帰って来た。ゆっくり昼寝。体の状態は悪くはない。胸水のたまり感は相変わらず。しかし、息苦しくなく東京へ行ってこられたことが何よりうれしかった。マーカーが下がっていることもうれしい。

10月24日

昨日の疲れもなく元気だった。しかし、胸の圧迫感、胸水がたまっている感はぬぐえない。ヒーヒー感は日に日に強くなっている。どうなっていくのか不安でいっぱいだ。後5日、10月29日のＡＮＫ治療が待ち遠しい。本当にこの胸水がなくなってくれるといい。

徹子の部屋というテレビ番組で田部井さんの話を聞いた。一年半前に癌性胸膜炎で、余命3カ月と言われ抗がん剤治療を続け、今は寛解期に入ったと言われたそうだ。そう言われてから山へ10回も登っているそうだ。前向きに頑張っている姿に心を打たれた。

果たして私、そうなれるのだろうか。不安でいっぱいの日々である。

10月25日

夕べ、胸水がたまった感は否めず。寝ればヒーヒー、かがめばぐるっと動く感じ。いろいろ考えたら眠れなくなった。

11時40分から深夜放送を聞きながらうつうつ。本当にANKにかけていいのだろうかと。坂東先生の顔がちらついたりして。でもマーカーが下がり出したのでANKにかけてみよう。あと4日、待ち遠しい。

今日は台所の整理。夫と買い物に行った。ニトリに久しぶりに買い物、すっきりした。胸水以外は本当に調子がいい。昨夜のようにパニックになるとつらい。29日が待ち遠しい。

10月26日

27、28号台風は大きく東にそれて雨以外はほとんど影響がなかった。雨は3時頃まで降り続き、テレビ三昧で一日が終わった。時間がもったいないと思うがこういうのんびりした過ごし方もあってもいいいと思う。

胸の辺り何もなければ私、どこも悪くないいんじゃないいの。時に胸のことも忘れる瞬間があるのはうれしい。

夜、仰向けに寝るのがちょっと怖い。ヒーヒーと聞こえ、これは胸水ありの信号だから。でも夕べあたりはあまり感じなかった。

本当に私の病気、マーカーが下がって、胸水がたまらなくなったらいい。それを祈るのみ。

宝くじ、当たるといいな。買ってもいない宝くじに夢を託したりする自分がおかしい。

台風は大きくそれたが雨が降り続いている。青空が見たい。29日が待ち遠しい。

10月27日
市長選挙。夫は立会人6時30分家を出る。

昨夜も眠れなかった。胸の水たまり感が恐怖となっているのか。

裕志の誕生日。柿を食べさせたいなと思っているのだけれど、メールを入れても返答なし。

血圧がめまぐるしく変化する。175もあったかと思えば127まで下がったり。

快晴、久しぶりの天気にうれしかった。菜花を蒔き、周りの草を取る。

胸の圧迫感は日に日に増しているが、体全体としては悪くはない。

稲葉先生と久しぶりに電話で話す。さりげなく分かってくれるところがうれしい。

10月28日

今日もよい天気。歯医者に行った。歯医者で池田君、広瀬正稔さんに会った。銀行であの温熱療法の方の姿を見かけていやな気分になり、忘れ物を取りに行くと言って買い物に行った。しばらくして戻って送金。700万円くらいあったのに、ああ……これはショック。

体調は胸水のたまり感あり。今日はちょっと痛んだりして気になった。また痰が結構出る。これがどういうことなのか神のみぞ知る。

ともかく第1回目の治療の日を迎えられること、本当にうれしい。いろいろあったから。ここまで。

10月29日

「いよいよ人生最大の賭け」が始まる。4時前に起きて準備。5時15分に家を出る。今日の日をどれだけ待ち望んでいたことか。8時前に石毛クリニックに到着。8時30分から診察。8時50分から診察が始まった。どうぞ効きますように。祈るような気持ちで点滴を見る。

先生曰く。やったからすぐ効くと思われても困る。患者さんがそれまでにどんな治療をしてきたかが大きく作用する。岩本さんの場合、いろいろやっているのでまず免疫力を水準まで戻すのに時間がかかる。全然悪寒がこない人、熱が出ない人もいる、と前置きされて始まった。

8時50分〜9時50分点滴、なんと10時15分頃から厳しい悪寒、そして発熱。1時ホテルへ。38℃、16時30分変わらず。

〔付記〕ANK治療開始。抗がん剤治療と並行して。

10月30日

朝38.3 冷えピタを足の付け根、腕の下、首とぺたぺた貼って帰宅する。夕方37.3。食欲はなし。頭痛、節々の痛み、ひどい。熱は下がったものの40℃近くの熱の衝撃は予想以上だった。偏頭痛が出てきたので、ついに頭痛薬を飲んでしまった。

10月31日

やっと平穏な一日だった。体も食欲も戻ってくるから不思議だ。血圧120台、平熱、数値的にはとてもいい状態ということだ。頭痛は相変わらずで、はり灸院に。後頭部神経痛、冷やすのが一番いけないと言われた。高熱のために随分冷やしたから。これからは首の周りを冷やさないように気をつけたいと思う。

11月1日

元気もりもり。ハーセプチンをやりに東京まで来た。夜はホテルのベッドの上、今ゆったりしている。

今日分かったこと　　　　　　　ANKをやる前

CEA　21.2、CA15.3　血圧140

「胸水が前よりまままっている、抜いたほうがいい、日赤を紹介する」と石毛先生。

11／6は午前中　日赤、午後はANK3回目という予定。

一人で西鉄イン泊。4日ぶりにゆっくりお風呂につかった。

レントゲン取り放題、胸水はたまる、体は傷だらけ、なんの病気もしてない人に比べたら、いかに私の死の確率が高いか。ああ、あとどれくらいかなと思ってしまった。ANKが効いたとしてもそう長くはないということだよね。でもくよくよしてもしょうがないからゆっくり寝ようと思う。

栄子ちゃんと久しぶりにメール交換、うれしかった。茨城産はあまり食べてないということが分かりよかった。私たち、いつのまにかこだわっていなかったけど、栄子ちゃんの言うとおりだよね。

11月2日
まいった、まいった。ANK2回目、何と点滴が終わらないうちに悪寒がきてしまった。がたがた……呼吸は苦しいわ、ハアハアと大きく呼吸しても間に合わない。これで終わりかなと思った。看護師さんたちは冷静で、これなら大丈夫なんだなと思った。30分で収まる。それから家に帰るのだが、今度は頭痛、これが半端じゃない。痛いわ、痛いわ、バスの中でずっと泣いていた。夫も気が気ではなかったと思うが冷静に連れて来てくれた。1時40分家着、薬を真っ先に飲んだ。薬を飲んではいけないのだが、もうそんなこと言ってはいられないと思った。このつらさからまず抜け出さないと。しばらくすると、嘘のように収まり、眠った。

11月3日
夫は地区の文化祭に。5時30分頭痛に耐えられず、また薬を飲んだ。この頭痛さえ抑えられると、ずっとずっと楽になるんだけど、もうめちゃくちゃ。せっかく抑えられていた胸水も結構たまって。石毛先生曰く。「ANK続けていけばたまらなくなる……もちろんだよ。まだ1回だろ。」12時20分また来ている。でも我慢できないほどではないので、しばらくは我慢。6時間経過だから。

頭のちょろちょろした毛を一人で切った。切ったほうがかっこいい。特別な感慨もなく。これで、胸水を抜き、ＡＮＫが軌道に乗り、頭痛がおさまったら……あとはきっと回復への右肩あがりの直線になるはず。

夕方、裕志、栄子ちゃん来る。一緒に万平へ。栄子ちゃんもはっきり自分の考えをぶつけてきてくれて、随分こんだ話ができてよかったと思う。楽しい食事ができた。うれしかった。

11月4日

鍼に行った。頭痛はだいぶおさまったが、胸水の方がかなりたまってきている感は否めない。かがむのはいや、呼吸が苦しいとまではいかないがなんとなく変。早くスッキリ抜いてもらいたい。

さやえんどう、スナップえんどうを蒔く。蒔くのもなんだかつらい。一日、本当にぼんやり。夕飯、まともに食べられてよかった。体重は同じくらい。

明日は一人でアフェレーシス、よい天気だというし遠足気分でがんばろう。

11月5日

リンパ球採取。一人で出かけ一人で帰った。よい天気だが、空を眺めている余裕はなかった。

11月6日

広尾の日赤へ。やはりかなりの胸水がたまっているということで、一日入院して抜くことになった。待っている時、気分が悪くなり吐いてしまった。特別処置室で休ませてもらう。4時30分頃から抜き始める。すてきな里吉先生、点滴することもなくうつぶせになって、背中から簡単に抜いてしまった。1リットル。5月と違うところは、5月は赤黒く、いかにも……という感じだったのに色がかなり薄かったこと。そして何と一日で入浴可。協同病院とエライ違い。体へのダメージが少ない。

夫はホテルへ。本当に申し訳ない。検体を送付するのに東奔西走、この気持ちありがたい。夫のために少しでもご飯の支度をしてあげたい。

11月7日

昨晩は、ひたすらに眠った。午後2時までにはほぼ回復。3時のバスで元気に帰ってくることができた。大変な2日間だったが夫のお蔭で無事乗り切れた。

11月8日

岸整形外科へ初めて行く。今回から近くでANK治療が受けられる。ポートに針を刺すのが大丈夫か心配だったが無事できてよかった。
夕方、柿をもぎりタバコ屋に届ける。英子さんこの頃姿が見えないからどうしたかと思った、と。やっぱり元気な時は姿を見せておいたほうがいい。

11月9日
今日はANK3回目。ちょっと緊張が走る。しかし、たくさん着て湯たんぽまで持って行く。これが功を奏した。確かに終わる頃ガタガタときた。しかし、この前のような激しさはなく、10分程度でおさまった。湯たんぽとオーバー、ダウンなどが本当に役立った。
熱も39℃以上になることなくよかった。頭痛はひどかったが薬を飲んだらおさまった。自分が悪く吐いてしまったが痛いよりずっとましだった。こうして、3回目は何とか乗り切れてよかった。

11月10日
今日は亜衣ちゃんの七五三、行ってあげられず残念。なんということだと思うが仕方がない。恭子も許してくれるだろう。夜、かわいい写真が送られてきて、うれしかった。

比較的元気。栄子さんに柿をいただいたので干し柿作りをする。夫が手伝ってくれて楽だった。夫とブレッドで食事。久しぶりに美味しかった。

11月11日
富田さんと食事に行く。胸はなんとも圧迫感がありすっきりしない。ひょっとしたら、末期?、と思ってしまう。いずれにしても、もう長くはないのではと思ってしまう。
柿をもぎり、石毛クリニックに手紙と一緒に送り、日赤に礼状を出す。こうして一日は終わった。血圧は120台になったが、これはどういうことなのか分からない。

11月12日
胸のおさまりがなんとも悪い。昨夜は3度もトイレ。よくなっているのか悪くなっているのかよく分からない。
今日は久しぶりに筑波大病院、夫は古河へ。迎えは裕志ということになっている。久しぶりに化学療養室で採血。看護師さんたちが温かく迎えてくれた。「今、何か治療やってんの?」の問いかけに結構しゃべってしまった。しかし、彼女たちも情報として知っておきたい面もあるのではと思う。
裕志が1時過ぎに迎えに来てくれて西武へ行き食事をして帰って来た。息子と二人、とてもいい一日だった。栄子ちゃんにも会えたし。

肝機能の数値が極端に悪い。CEA 21.3 CA15-3 この数値は何なのか。がっかりした。ショックを受けた。心が揺れた。右側の肺の下のかどが取れてきた。坂東先生は、「抗がん剤はまだやらない?」と。ピンチだと思っているのでは。

11月13日

今日は付き添いなしのANK4回目。悪寒はどうかなと思っていたら、きたきた。3回目よりちょっと強いかな、というくらい。しかし、石毛クリニックでのあのすごさにはならなくてよかった。頭痛は少々、熱は38℃、薬を飲んで1時間半くらいぐっすり眠った。夕方まで38℃台の熱が続いたが庭仕事を少しした。近所へのアピールだ。

11月14日

島倉千代子の葬儀。悲しくて、悲しくて涙が出た。私も来年の今頃はいないのではという気がしているから。ことのほか感じるものがあった。不安で不安でたまらない。そして貯めてきた預金がどんどん減っていくのも悲しいことだ。

午後、振り込みと買い物に。帰りに稲葉さんの庭で火を燃やしていた栄子さんに会う。車を降りて顔見せ、よかったと思う。節ちゃんちで柿をもらって干し柿を作る。20個だけ、あとはあした……。

11月15日

今日は夫が疲れているというので一人で岸整形外科へ行った。一人だとなんだか気持ちが高ぶって落ち着かない。帰りは、郵便局に寄って振り込み、大切にしていた定期をついに解約した。何だかとても悲しかった。こんなにお金を使わなくても元気でいる人もいるのに。お金を使いながらも人生のカウントダウンを迎えている自分が悲しかった。でも、家に帰って石毛先生の本を読んで元気が出た。そうだよ、今私は、最高と言われている免疫療法を受けているんだよ。がんばらなければ……。

夕方夫が歯医者に連れて行ってくれて無事終了。うれしかった。

11月16日

夫は祥代の結婚式。

今日は裕志が協力してくれた。本当にありがたかった。湯たんぽ、ホカロン、ダウン、オーバーなどあらゆる防寒具を持って行った。5回目なのでそんなに強く来ないかなと思っていた。しかし、もうすぐ終わる頃、きたたきた。グッズを総動員しても足りないくらい、ガタガタ、ついに向きを変えて起きてしまった。3／5番目、それ以上ひどくならなくてよかった。
裕志が優しくしてくれて昼食の準備をしてくれて、2人で食事。それからゆっくり寝た。頭痛は薬を2錠飲むと何とか抑えられる。つまり、自分のコントロールができるようになったということ。

11月17日
夫は名古屋の良ちゃんの葬式に行った。本当に疲れているのに大丈夫なのかと思ったが、言っても無駄なのでそれ以上言わなかった。
グラチャンバレー、相撲、フィギュアとテレビの予定があるから救われている。ちょっと咳が出たりするので気にはなるが、胸の圧迫感は一時期より軽くなっているように思う。気のせいかな。声も水を抜く前と直後はかすれて変な声だったが、班内へ市報を配ってみんなと話したがさほど感じなかった。今日は結構忙しい。市報配り、柿岡へ買い物と。

11月18日
夫は名古屋。4時半起床、6時出発。石毛クリニックでリンパ球採取。今日はそけい部からの針刺しがうまくいったと思ったら、1時間で左トラブル、刺し直しとなった。

全体的に30分遅れて終了した。

行き来で今日は随分ハアハア息切れてしまった。なんか後退してしまっているのではと思ってしまう。石毛先生がおっしゃるには、「今が我慢の時、ＮＫ細胞とがん細胞が今せめぎあいをしているところ、効いていないかなと言ってやめようかとそんな決断をする時ではない」と。

本当につらいところだ。声は変わるし、咳は出るし、息切れはするし。これがみんな快方に向かったらすごい、そうなってほしい。

11月19日

ＡＮＫ６回目。今日はどうかな、と思いつつ点滴をながめる。今日はこないかな、と思い始めた頃、きたきたきた、ブルブルブル、ハアハアハア、中程度だったがつらかった。これさえ軽くなればずっと楽になるのに。家に帰ってベッドに直行、グウグウ寝てしまった。

今日は脈が速いことが気になった。昨日から……。血圧は高くないが心臓が止まってしまったらどうしよう。でもそれくらいの覚悟でやらないと、この困難な局面は乗り切れないのかもしれない。

11月20日

血圧はそうでもない。脈が速い。そして前より息切れ、ハアハア、本当にどうなっているのかなと思ってしまう。夕方寝ている時は効果ありかなと感じられたのに。

今日はタバコ屋の栄子さん宅で撮影会。その間は声も普通、咳も出なかった。午後から声が変わり、咳が結構出る。どうなっているのか不安。畑に行って来るだけでハアハア……。悪くなっているのではないかと、そう考えるだけで不安でいっぱいになる。もう突き進むだけ、どうか効きますようにと祈るのみ。胸水がたまらなくなり、息切れがなくなって、マーカーが下がって……、そうなるといい。絶対にそうなるといい。それは夢ではないはず。

11月21日

夫は甲府へ。相模原を出たばかりだとメールあり。私は一人で、ハーセプチン。たん、咳、そう言えば胸の圧迫感のようなものはあまり感じないかな。でも、寝た時のヒーヒーは相変らず。このことをどう分析したらいいのか。でも、私のイメージの中に胸が軽くなって、マーカーが下がって、何でもできるようになる、そんな姿をイメージする。それが1ヵ月後か2カ月後か、どこまで我慢するればそういう時が訪れるのか……。

11月22日

今日は快晴、よい天気が続くと気持ちがいい。

ＡＮＫ７回目。今日は悪寒を軽く済まそうといつもより暖房用具をたくさん持って行った。確かにいつもの時間に背中がゾーっと、これ悪寒だ。これ以上にはならなかったのでこれで終わり、と思っていた。帰って来て熱が上がる頃なのにちっとも上がらず、35.9、変だ変だと思っていたら、１時過ぎ急にガタガタ、その後39.3℃の熱。夫は杉並小学校へ。一人で全部対応。悲しくて悲しくてボロボロ涙がこぼれた。ずっと泣いていた。

３時過ぎ、思わず夫に電話。夫は慌てて帰って来て面倒を見てくれた。心配かけてすまなかった。でも、これでよい方向に向いているのか。

11月23日

恭子から来電。明日午後３人で来る、と。

仁美さんから来電。「何か声が変だよ、風邪でもひいたの?」、本当にこの声なんとかしてくれという感じ。

稲田さん来宅。２時間は結構長かった。疲れた。呼吸の乱れはなくなんとかしのげた。

節ちゃんがわらを届けてくれたので柿を整理した。美味しい干し柿ができるといい。

吐き気あり、咳が出てヒーヒーしまくり。日記を見るとＡＮＫの回数を重ねるごとにひどくなってきていると思う。少なくともこの1週間は。本当にこれが、何らかのよい方向への信号であってほしい。

11月24日

吐き気があり気分が悪い。昼食も食べずに恭子たちの石岡駅到着を待つ。亜衣ちゃん、海成がどんなパーフォーマンスで駅を降りて来るか。海成はお昼寝中。カスミで買い物しているうちに目が覚めた。二人とも大きくなって、まずは会えたことがうれしかった。そして恭子が夕食も全部やってくれて本当にうれしかった。

夫も孫たちの出迎えを受けてまんざらでもない様子。うちの孫はどうしてこんなにかわいいのかと連発していた。

どうも息切れがしてちょっと歩くとハアハア……、これは何なんだろう。胸水が溜まったサインもありだ。夜寝るとヒーヒーという音が聞こえ声も変だ。

もう電話に出るのもいや、電話でさそわれるのもいやです。

11月25日

恭子たち12時13分の特急で帰る。寂しくなるが、今の私の体力だとちょうどこれくらいがいい。私は久しぶりに自分へのごほうびを買った。

おいなりさんの出来が良かった。「ばあばのおいなりさん、さいこうジェー」と言って、亜衣はあっというまに3個食べた。

11月26日
ANK8回目。今日は夫の付き添いがあり、安心だった。いつものように悪寒30分中程度、家に帰って熱が上昇39.5℃まで。
3時過ぎに石毛先生から直接電話があった。「必ずよくなるから。いろいろあるけど乗り切って欲しい。胸水は我慢しないで抜いてもらうとよい。日赤に早いうちに行きなさい。」というわけで、12月4日、夫と行くことになった。先生から直接電話をいただくなんてうれしい。希望を持ってがんばろう。石毛先生を信じて。

11月27日
朝食、昼食、おやつ、夕食とよく食べた。

11月29日
今日は一人でハーセプチン、行けないことはないが何か寂しい。
午後は昼寝、やっぱり寝るのが一番。3時頃、市の広報配布、3軒顔見せだ。

また明日はたたかいだ。たたかい、そう、ガン細胞とのたたかい。私は一生懸命NK細胞の応援をしなければ。夫は言った、「希望とのたたかいだ」と。本当にそうなればいい。明日は夫が行ってくれるので安心だ。本当はいつも付き添って欲しいけど、それは無理か。仕方がない。

11月30日

いやーまいった。悪寒と熱と、この状況で一人でたたかうのはつらい。今日は夫が行ってくれたので安心だった。夜8時、平熱になってやっと9回目のたたかいが終わった。

人には気づかれないように細心の注意を払っている。こんな闘病生活が知られたら大変だから。

12月1日

昨日のことが嘘のように今日は元気、とまではいかないがまあまあ。夫と真壁までランチに行き、美味しく食べられた。

庭の落ち葉の整理、小豆の始末、ゼラニウムの朽ちた葉とり……。いろいろやった。しかし、動くとすぐハアハア……どうも病気が快方に向かっているとも思えない。声のかすれと咳、どう見ても末期症状としか思えない。
今日は「八重の桜」で新島襄が48歳という若さで死す場面を見て、涙が溢れて仕方がなかった。この道を想像してしまったから。夫もきっと同じことを考えていたと思う。

12月2日
民生委員の会合、1時30分より、3時で帰って来た。
午前中、夫に付き合ってもらってカバンを買いに行った。久しぶりの買い物だから満足。それにしても今日は声が変だった。咳と息切れ、本当にどうなっているんだよ。どう見ても後退しているとしか思えない。左脇腹付近の湿疹もすごい。みんなANKが本格的に始まってからだ。本当に快方に向かうことができるのだろうか。何だか残された時間が急に短くなったように思える。
夫に思い切って頼んでみた。今回の旅行は行かないで欲しいと。夫は昨日キャンセルしたようだった。本当に申し訳ない。元気になって、この人のために一日でも多くご飯を作ってあげなければと思う。

12月3日
ANK10回目。

12月4日

広尾の日赤へ。夫が付き添ってくれてありがたかった。7時45分のバスで、10時30分頃到着。受け付けをするとすぐに名前が呼ばれて検査、何と今までで最高、肺の半分が真っ白だった。衝撃的だった。すぐに吉先生が抜いてくださった。深呼吸をすると、チャーとおしっこのように出る、出る、出る、何と1．2リットル。本当にANK大丈夫なんだろうか、そういうことばかり考えていた。確かに水を抜けばその時は楽になる。しかし、ANKに行って1カ月でこんなにたまるなんて、始まったら少しは変化がないと。これではよい方向というより後退しているのではと思ってしまう。

12月5日

確かに胸は軽くなった。声も戻りつつある。しかし咳は出る。空になった肺が落ち着かないように。

もう不安で不安で、リンパ球バンクの相談窓口に電話するも明快な答えなし。ほどなくして石毛先生から電話があった。胸水を取ってもらった後の状況、痛み、動悸、息切れなど、私の思いを先にぶつけた。先生は「この時期にはマーカーが異常に上がったり、胸水が異常にたまったりということがある。……コラーゲンを一日6本飲んでみなさい。

元気になるから。がんばりなさい。」、この不安をもっとぶつけたかったが言えなかった。

12月6日

ハーセプチン投与、一人で行く。夫は潮来へ。体調はよくない。食欲なし、何となく体全体が重い。そして左肺の時々の痛み、咳、そして重苦しい呼吸、これでどこがよくなっていると言えるのか。私には後退しているとしか思えない。本当にあと一年、肺の疾患だけに今年の冬、突然いくということも考えられる。

最近は、人の会うのもいやになった。とにかく、万が一に備えて身辺の整理をしておかなければと思うがその気力もなく……。

12月7日

温かい日だった。裕志の迎え。今日はなぜか熱もほどほど、楽だった。しっかり食べることもできた。これくらいですめばいいな。これからも。

今日うれしかったことは左脇下の赤い発疹がほしけてきて色が変わってきたかな、という感じを持てたこと、これは大きい。

12月8日

胸水を抜いてまだ5日目、もう5日目、なんと表現したらよいのだろう。確かに軽くはなった。しかし、咳は出る、左肺の奥からヒーヒー音、呼吸困難のような症状、どう見てもよい方向に向かっているとは思えない。9日後の筑波大病院の検診はどうなるのだろうと不安でいっぱいである。

今日は水戸の洋子さんが昼食持参で来てくれた。夫が途中で休むように言ってくれたがちょっと疲れた。この状態から本当に脱出できるのか本当に不安、不安、不安。脱出できなかったらもう私の人生も終わりだ。

12月9日

寒かった。今にも雨が降りそう。午前中夫は火を燃す。私もちょっと。タイミングよく栄子さんが来てくれ、おしゃべり。

今日は体調がいつになく悪い。だるくて、気分悪くて、動くとハアハアするし、もう自分で分析できない……。こんなに体がだるいと感じるようになったのは、この前水を抜いてから。やっぱり何らかの影響が出てるんだよ。

ANK、11回目終了。この1カ月間どんどん体調が悪くなっているように思う。事実悪くなっている。この状態をどう捉えたらよいのだろうか。こんなに痛めつけられたら暗い気持ちになる。

夫と「鮪一」に行く。ボリュームたっぷり、でもあまり食べられない。今日は夫は旅行のはずだった。なのに、私の暗い顔ばかり見ていたら気持ちも晴れないだろうな。できるだけ明るく振る舞おうと思うが今はそれすらできない。元気になりたい。元気になりたい。

12月10日

久しぶりに石毛クリニック。2時に着く。石毛先生不在で違う先生だった。結局、明日の朝、石毛先生に会うことになった。ANK、12回目。悪寒がすごかった。寒さというより呼吸困難が20分くらい続いた。その後、脈が速いということで、5時半頃まで石毛クリニックで休み、看護師さんが車椅子で西鉄インまで送ってくれた。この親切はうれしかった。その後は熱も上がることなく8時頃は、バナナ、牛乳などを食べることができた。シャワーも浴びた。

12月11日

石毛先生に会うためにクリニックへ。思いのたけを話す。呼吸困難がすごい。マーカーが上昇、脈が速い、体全体が重くだるい……。

先生の話

・マーカーの上昇〜胸水のたまり等で悪化しているとは言えない。ANKは相当強い治療なので今の段階でいろんなことが起こりうる。
・呼吸困難〜ANKの治療が強いので今の段階で体力が耐えられない。相当体力を消耗するので半量でしばらくやってみましょう。
・脈が速い〜心電図を取る、脈が速いだけで不整脈はない
以上のようなことだった。
みんな他人事のように言うけど、本人はつらいよ。

12月12日
夫は行方へ。私はゴロゴロ、胸水のたまった感とたたかいながら。声も回復しない。食事も今ひとつ。今日は一時から公務、小林先生と一緒だった。相談者は来なかったので2人で2時間おしゃべりタイム、結構疲れた。浅野薬局で薬をもらい、ガソリンを入れて、それで精一杯だった。
本当に胸水がたまらなくなったらうれしい。そういう日が来るのか、来て欲しい。

12月13日
ハーセプチン、一人で行く。夫は退職校長会。

12月14日
夫は東京へ。学びの共同体関係だと言う。私は相変わらず。きぬちゃんから心のこもった贈り物が届く。本当にありがたい。すぐにでも電話したいところだが、なかなかそれもできない。呼吸が苦しくなるのでは、というのと、声が出ないことなど積極的になれない。

12月15日
昨夜は咳が出たりしてなかなか寝付かれず4度もトイレに。朝は6時40分まで寝てしまった。昼間は動くとすぐにハアハアするので動きは鈍くなる。テレビを見ながらゴロゴロ過ごす。早く元気になりたい。夫は学びの会で土浦へ。少しでも気をまぎらせてくれるのならそれでいい。一所懸命食べるが体重は減っている。どうなるか不透明なのはつらい。でもどうなるか考えるのもつらい。めんどう。自己分析なんてできるものではない。

12月17日
筑波大病院へ行った。予想していたことだけど厳しいことを言われた。「免疫治療は効いていない。厳しい状況である」、手遅れになるみたいなニュアンスも。すっかり動揺してしまった。しかし、どの道を選択したらよいのか考えるのも嫌になった。
夫には本当にすまないと思っている。恭子に荷物を作って送ったり、洗濯物干しとかいろいろ手伝ってくれる。

12月18日
今日は半量点滴で岸整形へ。悪寒準備も万全にして臨んだがどちらもなかった。本当に楽だった。治療効果、強度は弱まるというが仕方がない。途中、石毛先生から電話が入った。肝機能（数値）が悪くなっているとか、他のことは関係ないというように。筑波大病院の先生に言われたことはあまり気にしないで、がんばりなさい、と。本当に石毛先生の言葉を信じていいのか。こんなに胸水がたまり苦しいのに。石毛先生は日赤で抜いてもらえばいい。こうやって何度か抜いてるうちに減ってくる、と。そんな日が来ることを祈りたい。

12月19日
富田さんと食事。すぐにハアハア、咳が出たりちょっとつらい面もあったがなんとか1時間半がんばった。

昨夜は1時過ぎから眠れなかった。体を横にすることがつらくて……、トイレばかりが気になる長い夜だった。やっぱり他のことが気になるのだ。胸水がたまるということは病状がそれだけ進んでいるということではないか。胸水がたまらなければマーカーだって下がるはず。いろいろ考えていたら眠れなくなった。

12月20日

雨、3日目。9時半、民生委員定例会があり、お年寄りのお金を預からなければならないので夫に連れてってもらい、それを受け取って病院へ。ハーセプチン、30分遅れたこともあり、点滴が終わったのは1時半。仰向けに寝て2時間、これもつらかった。それにしても夫もよく我慢して付き合ってくれる。何がなんだか分からないけど、ただ夫は触れずにいる。「伊太利亜の台所」でランチ。なぜか口に合わなかった。

12月21日

日中は暖かかった。岸整形へ。ANK半量、悪寒はこないし熱も出ないし楽は楽。しかし、膨大な胸水。これ本当に克服できるのかどうか、不安でいっぱい。夫いわく、「お母さんまだ迷いがあるの?」、「そりゃあるよ」。夫は帰って来てインターネットで調べていた。胸水がたまることで書いてある訳もなく……。夫と二人、さめざめと泣いてしまった。本当にかわいそう。夫いわく、「この病気はだれのせいでもない、どうにもならない」。夫とともに一日一日を楽しく生きていきたいと思う。そして一日でも長くこの人のそばにいてやりたいと思った。
民生委員の仕事もつらくなってきた。久保田さん、関さんにお金を渡し、印をもらってほっとしている。

12月22日
朝ご飯は何も食べられなかったが、夕食はいろいろ作って夫とともに食べた。
ちょっと歩くと息切れ、食欲不振、全身の倦怠感のようなもの、本当に嫌になる。息切れするからテレビの前で過ごす時間が多くなる。私の様子を見て夫も気になるよう。どうすればよいのか分からない。ただ分かることは、いよいよ先が見えてきたというだけだ。胸はいっぱい、いっぱい。夜が長い。
全日本フィギュアを見る。高橋君の不振にがっかり、ここぞという試合で存分に演技ができなくてかわいそう。

12月23日
仁美さんが来てくれた。本当のことを話した。きっとショックを受けていると思う。

声が変、息切れ、食欲不振、全身の気だるさ、今日も同じ。本当に誰か、何とかして欲しい。悲しいの。

天皇陛下ご夫妻が仲睦まじく過ごしていることが話題になり、3人で涙する。本当に私たちずっとそうしてきたのに。お別れが近いことを何となく感じているのかも、感じ始めているのかもしれない。

海成と亜衣に夫は、絵本を送った。

12月24日

ANKできるかな、というくらい調子が悪かったが夫の協力でなんとかがんばった。胸の苦しさは日に日に増して、息切れはすごい。上から車まで歩いただけでハアハアハア……。本当に当人は苦しい。悲しい。今日はカロリーメイトを買った。どうしても食事が入らないのでこういうものを利用するのもいいかな、と思って。

もう、このたたかい、やめてしまおうか。やめたらどんなに楽になるかな、とふと思う。いやいや、そうはいかない。

12月25日

今日は日赤へ。息切れがすごく、やっと行ったという感じである。胸水が少しでも減っていますようにという願いも虚しく、12／4以来3週間で過去最高の貯水、これにはビックリした。1ℓだけ抜くことになり、すぐに……。過去2回の時は自然に出て、肺の負担もそれほど感じなかったが今日は苦しかった。豊嶋先生もいつになく話してくださった。貯水のペースが早くなっている。この分だとどんどんペースが早まっていく。抗がん剤で抑えられない時は、緩和ケア……。こんな道筋、分かってはいたが、示されると動揺した。

里吉先生の話、「今の症状を軽減するために抜きましょう。月1回のペースだったら抜くのも重大な問題にならない。胸水のたまりが病状悪化とも言えない。胸水のたまりは命取りにならない」（本当かな）等々。

とにかく楽になり、夕飯の支度をする。どちらを選択しても厳しい選択になる。私の人生の最終章となる。いよいよその段階に入ってきたのかもしれない。ＡＮＫは単独だと抑えられないのかもしれない。今、決断の時かもしれない。

12月26日

寒い一日、今にも雪になりそう。ＡＮＫやりに土浦へ。24日の時とは少しは違う。しかし、どうもまだ残っている胸水が動くことが分かり、仰向けになる時、起きる時、前と同じような症状が出た。

昨夜は4時までぐっすり、久しぶりに眠れてよかった。症状はまさに少し緩和されたという感じだが、根本的な解決でないため、咳が出たり、痰が出たり、肺の状態は尋常ではないことを感じる。確かにハアハアは随分改善されたが、11／6の第一回目の時のような爽快感はない。

お父さんへ

お父さん、ごめんね。本当に私、そう長くないことを感じる。昨日胸水を抜いたのに今日はそれほど楽になった感じがない。だんだんそうなってくるんだろうなあと思う。

昨日一日は本当に幸せだった。今日はもうたたかいに戻った。何かにつけ寂しそうな顔をするお父さん、つらいよね。でもね、どんな状況下におかれようと強く生きてね。私がいなくなってもお父さんは、一人で生きられるよ。私の分まで強く生きてください。めそめそすることがあってもすぐ立ち直って、私の分まで頑張るんだよ。悲しくてどうにもならない時は、健就先生に話を聞いてもらいなさい。きっと心が楽になるはず。泣きたい時は我慢しないで泣けばいい。

12月27日

今日は石毛クリニック、石毛先生の口から、「ANKが効いていないとは言いたくないが、今の状態から判断すると、効いていない」とおっしゃった。この言葉を聞いてふっきれた。私自身11月末の頃から、どうも効いてないのではないかと思ってきた。そして坂東先生から「はっきり言って効いていない」。効いていないと思いつつ、どこか期待感があり決断できなかった。

夫と話し合った。ANK週5回か抗がん剤、どっちの選択、私たちは抗がん剤の選択をすることにした。これが凶と出るか吉と出るかは分からない。しかし、こうせざるを得ない現実、振り出しに戻ってがんばってみよう。

夫は餅の準備をしてくれている。よくやってくれる。夕食はお寿司。よく食べた。

〔付記〕ANK治療をやめる。

12月28日

からっ風。なんとも気持ちが盛り上がらない。筑波大病院に電話する。明日、乳腺専門の先生が当直なので診てもらったらということになり、行くことにした。

息切れがすごい。もう私の命は月単位なのではないかという気がする。息切れ、動悸、胸水たまった感、これで正月過ごせるのだろうか。

左放射線を当てたあと、11月からだんだん赤くなり増えてきた。だんだん広がってきて、3日前くらいから黒っぽくなったところもある。ひょっとしてこれ皮膚がんではないのか。もう考えるのもいや。

12月29日

筑波大救急外来に行く。すぐにベッドの上に通され対応。心電図異常なし。レントゲンの結果、左肺にはもちろん右肺にもたまっているということだった。右肺は最近たまったもので、これからどんどんたまる余地があるので、右側を300mgくらい抜いておくといいと思うと、提案された。澤先生、池田先生お二人で結局400mgぬいた。帰りはすごく楽になり、かねきでお寿司を食べて帰った。具体的な治療は1月7日以降。月単位なのかどうなのか、いずれにしてもここまできたら、先は見えてきたというもの。身辺の整理をきちんとしておきたいと思う。

今日来院したことはよかった、と看護婦さんたちに言われた。利尿剤をもらったし、ナントか7日までは持ちそうだから。夫は今日も涙ぐんでいる。「すまなかった」と。でも、これは二人で決めたことだから仕方がない。二人の責任だよ。

12月30日

夫は朝から涙ぐんでいる。やさしい人だから、私のことを考えると涙がとまらないらしい。でも強く生きて欲しい。そんなにひどい息切れはないが疲れやすい。週に1.4ℓも抜いたのだから体へのダメージは大きいはずだ。

12月31日

孫たちが来る。元気をもらうが相手にすることもできず情けない。福ちゃんに経過を話す。希望が持てるような話をしてくれてありがたかった。ＡＮＫに走ったことちょっと反省。とりかえしがつかない事態になっていなければいい。特に息苦しさはないが、体液をたくさん抜いたダメージは大きい。

恭子にみんなやってもらって、おいしくいただいた。

２０１４年

1月1日

新年度、しかしこの一年は、昨年よりもっと厳しいたたかいになる。月単位かもしれない。余命、それに向かって打ち勝っていかなければ……。夫のために、子どものために、孫たちのためにがんばらなければ。

1月2日

万歳！　ついに栄子ちゃんが妊娠。7月9日予定日だと言う。本当におめでたい。私、そこまで生きていられたらうれしい。
みんなが帰って夫と二人きりになると病気の話ばかり。夫はよく涙を流す。本当にごめん。でも、強く生きて欲しい。
利尿剤を飲んでいるので随分食べるようにしているのに体重は減るばかり。本当に今すぐにでも入院したいところ。がまんも限界という気がする。

1月3日
食べて、食べて、食べて……。でも体重は……。今日は胸の圧迫感、もっとひどくなるかと思いきや咳が出るけど何とか持ちこたえた。いつまで持つか分からないけど。年賀状を書くのがつらい、一日に5、6枚がやっと。
夫と夕方買い物に。夕飯は焼肉だった。

1月6日
寒い夜だった。夫が急に黙りこくって涙を流している。虚脱感、「何にも考えられない」と言って……。かわいそうに……私も一緒に泣くしかなかった。

1月7日
坂東先生にやっと会えた。今までのことは何もおっしゃらずに、「前を見てこれからのことを考えましょう」と言った。
そしてデータを見て、「アバスチンを使う手もあるが薬を変えた方がいいと思う」ということで、ハラヴェンという新薬を使うことになった。タキソールで耐性ができた細胞にも効くという。左胸も診てもらった。すごい。触っただけでこれは局所転移でつながっていると。今度の薬が効くかどうかの目安になると。いずれにしても厳しい状況であることは間違いない。しかし、この薬に託してみようと思う。

1月8日
つらい時、時々思う。もうカーテンを閉めてもいいかなって。つらすぎる。これからのことを思うと、つらすぎる。だるさもないはずなのに気分が盛り上がらない。当然だよ。もうハラヴェンも効かないのではないかと思ってしまう。
民生委員会長の三輪さんが来てくれた。3／1付で退任ということを伝えに来てくれた。元気を出して対応。
これ以上元気になれるのか、これで終わるのか。いずれにしても長くはないことは確かだ。免疫療法ANKはいったい何だったのか、私はちょっぴり悔やんでいる。ガタガ々と坂を落ちるような2カ月だったから。でも、でも、本当に力を振り絞ってがんばる！

1月9日
今日は第1回目の抗がん剤ハラヴェン投与、こんなに体調が悪くても大丈夫かなと思う。だけどやらなかったらますます悪くなるばかり。何とかがんばってやらなければ。もう死に向かっているだけだから、でももう一度復活したい。家の片づけをやって、夫に美味しいものを作ってやって、裕志の子どもの顔を見たいから。

注射器で、1〜2分のうちに一気に流し込む。正味30分で終わった。これが効いてくれるといいなー。胸水は1／5とほとんど変わらない。

泣いたらあかん。泣いたら苦しくなるばかりだから笑顔をつくり、じっと鏡を見る。人間ってここまできたら、もう悩むこともないんだ。前を見て歩くだけだから。

新薬に可能性をかける。看護師さんの白い手からぐいぐい入る。

1月10日
日に日にハアハアがきつくなっている。食欲なく、朝食も食べられず。何もできずに家にこもりきり。咳が出るし、けっこう苦しい。だんだん元気がなくなっていることが忍びないと夫。私もそう思う。この状態から回復するなんて考えられない。でも私は生きる。希望をもって……いや希望なんてないさー。

後手後手に回るなんて私の生き方ではなかった。この16年、先手先手できたつもりなのにどこで狂ったのだろう。運命のいたずらに、ただ涙。

私の顔をずっと見ている夫の視線を感じる。こんな妻でごめん。もっと二人で歩みたかった。実家の弟から、「泰ちゃんよろしく頼みます」と年賀状。夫はさめざめと泣いている。それを見た私も泣いた。

今の状態から元気になれるなんてとても思えない。これが覚悟というものか。

子どもたちはそれぞれに生活がある。親のことをどれだけ心配しているのか、と思うと切ない。親との別れがそんなに早くなるなんて。でもちょっと早かっただけだから。

二人で共同作業で作ったオムライス、「おいしかったね」、二人とも精一杯元気なふり、こうして今日も終わらん。

1月11日

夫が伊東へ研修会で出かけるというのに朝ご飯の用意をしてやれず。結婚以来初めて。本当にごめんね。

国華園から夏野菜のカタログが届く。一瞬夢がふくらむ。この分では夏まで無理だよね。できたスイカ、トマトを食べられたらそれは奇跡。

裕志は1時半過ぎに来てくれ昼を用意。息子が作ってくれるって、うれしい……。夜は泊まってくれると言う。お父さんに「泊まってきていいよ」とメールするが「帰る」と言う。親子3人、裕志が作ってくれた鍋を囲んだ。しあわせなひとときだった。


ちょっと歩くとはあはあ、そして咳は変わらず。人に会うこともできない。今日はすべて居留守。まだ1回目の投与だから、これを2、3回続けていくうちにきっと咳が出なくなり、息が吸い込めるようになり、胸の赤みも取れてくるはず。そんな日を夢見てがんばっている。

1月12日
血中酸素濃度を測る道具を夫が買ってくれた。早速測定してみると92~96なんとか基準値内に止まっていてほっとする。

朝食は裕志と夫で作ってくれる。

ただとめどなく涙が流れることもある。つらいのだ。本当につらいのだ。呼吸器系だけに本当に苦しくてつらいのだ。

黒田官兵衛を見ていたら呼吸が苦しくなってきた。夫が筑波大病院に電話して結局行くことになった。レントゲンを撮ったらすぐには抜くという量ではないのでなんの処理もすることなくそのままお帰り。
9時からの夫のエキストラ参加の番組「トリック」に間に合った。夫のエキストラ、よく映っていた。映画デビュー、よかった。それはよかったのだがこの全身の疲れ、倦怠感、何が何だか分からない。毎日つらすぎる、どうしていいか分からない。

1月13日
今日も朝から何もできず、ごろごろ。つらすぎる。ここから抜け出すことなんてできないんだろうか。
つらいつらいつらいつらいつらいつらいつらいつらいつらいつらいつらいつらい
こんな私を見ている夫はもっともっと苦しんでいるだろうと思うとがんばらなくちゃ、とも思う。つらすぎるつらすぎる。
夫は食べてもらおうと一生懸命。わざわざうどん、スパゲティなどを買いに行ってくれた。本当にありがたい。
つらすぎる、ここから抜け出すことはできるのか。
寝ている時が一番楽なんていやだよ。早く元気になりたい。どうして私だけこんな目になるのだろう。まじめに生きてきたのに、本当に悔しい。
つらすぎる。つらすぎる。このつらさから抜け出すことはできないのだろうか。本当につらすぎる。つらすぎる。何かやろうとしても何もできない。

1月14日
空っ風が吹く寒い日。しかし水仙の芽は確実に伸びている。春が来たら咲く、そういう目的があるから。目的が見えなかったらどうすればいいのだろう。私には2カ月先が見えてない。胸水が安定してきて、マーカーが下がり始めて、そんな小さな春が来るといい。小さな春が来ればいい。
ただこたつに入って今日も静かに暮らすしかない。夕べも長かった。

1月15日
日差しもなく寒い。テレビでは今年一番の寒さと連呼している。
民生委員の後任探しということで役場から電話。小学校の教頭が準要保護のことで朝から何度も来電。ついに来宅。こちらも対応に疲れた。
いいことなんてなし。生きていくことは本当に大変だ。夫は石毛クリニックの堀さんに電話。穏やかに訴えていた。

1月16日

やっと筑波大病院に行く。移動だけでハアハア。本当につらくて涙がこぼれた。一日中病院で疲れた。夫は本当によく付き合ってくれて感謝、感謝、ありがとうと何度言っても言い尽くせない。

やっぱり胸水がたまっていることで、1ℓ抜いてもらった。6回目。今までの抜いた後の爽快感はなくなっていたが、今回は何だろう。薬と併用だったからか、スッキリ感があり、夜も気持ちよく眠れた。

左胸の発心を診た坂東先生は、「少なくとも悪い方向へはいってないと思う」と。次の抗がん剤まであと12日。この間、胸水が増えないことを祈るのみ。これを繰り返しているうちに効果が出てくるはず。

1月17日

驚くなかれ、昨日よりずっと発疹はほしけてきた。これにはびっくりである。お父さんに早く見せてあげたい。

のどがかわく。脱水状態が少しあるのだと思う。買い物に行けそうなんだけど中々腰が上がらない。でも行って来た。本当は3か所の計画だったんだけど、銅山堂で話しかけられたので2か所で帰って来た。

1月18日

今度は口内炎がひどくて食べられない。神様はどうしてこんなに試練ばかり与えるのだろう。

つらすぎる、つらすぎる、つらすぎる。

1月19日

調子が悪い。口内炎、相変わらずつらい日々が続いている。どう我慢すればいいのだろうか。本当につらい。一つの光明はあれほど赤かった胸の発疹が嘘のように消えつつあること、それは信じがたいほどだ。ということは、薬が効いているということ……、でもこんなに副作用がすごくてはつらい。

お父さんへ

お父さん、いろいろありがとう。心から面倒見てくれてありがとう。お父さんの期待に応えられなくてごめんね。もう十分です。こんなに優しいお父さんを悲しませてばかりでごめんね。

お父さん、強く生きてください。お父さんは人がいいからだまされやすいところがある。これだけが心配です。私、空から見てるからね。あとは心配することはありません。のびのびと生きてください。無理はしないでください。絶対に無理はいけません。私が生きられなかった分、生きてください。

1月20日

一向によくならない口内炎、朝から汁ものばかり、体力がつくはずがなくごろごろ過ごす。ちょっと歩いて来ると酸素が89％の取り込み。落ち着くと、93～95％。咳は出るし……、これでは春まで持たないかも、と頭をよぎる。夫は牛久の小学校。今日は夫のためにがんばって夕食、作らねば。

寒さ、痛さ、つらさ、明日こそは今日よりも……という気持ちでがんばっているが、そうも言えない現実に、悲しい。

夫はよく面倒をみてくれている。申し訳ない。

お父さんへ

お父さん、残念だけど、総合的に判断して、死期は確実に迫っていると判断せざるを得ません。あすこそはと思ってがんばってきましたが、今日も汁物しかのどを通りませんでした。自然に出る鼻水、口の中の痛さ、呼吸の苦しさ……、もうどうみても、がんばれません。

一日でも長くお父さんのそばに……とは思うけど、先が見えてきたと思うのです。これから先、何があっても驚かないでくださいね。お父さん、四十年間本当にお世話になりました。私はこれまでお父さんと歩いてこられて幸せだったです。ありがとう。生まれ変わってもまた一緒になろうね。

私がもっとのんきな性格だったら、きっと人生の展開も変わっていたかもしれないね。私、いつも一生懸命だった。手を抜けない性格だった。嫁としても、母としても、仕事の上でも……。でも一番大事だったのは家族だったんだよね。こんなに早く、お父さんと別れなければならなくなったのは、どこか人生で手を抜く場所の見つけ方が下手だったんだと思う。すべてを含めて、本当に申し訳ないと思っています。

お父さん、私がいなくなっても強く生きてね。お父さんは一人で生きられるよね。私の分まで強く生きてください。子どもたちや孫たちから好かれるおじいちゃんであってください。のびのびと生きてください。無理はしないでください。絶対にね。今日は約束のぶりの照り焼きとスープをがんばって作ります。一緒に食べられるように。

1月21日

口内炎がひどくて痛くて、痛くて。泣き面に蜂。

ちょっと歩くと息切れ。16日に胸水を抜いた直後は軽くなり、こんなに息切れはなかったと思う。だんだんひどくなっている。一日中ゴロゴロして過ごす。明日こそ……。

〔付記〕1月28日　筑波大病院入院。

1月31日

外の様子は分からないが、窓から見る限り晴れ。心なしか日差しが柔らかくなっているように思う。今日は朝のうち気分が悪かったがその後はまあまあ。

8時　くだの栓を全開したが胸水は殆ど出てこなかった。肺が広がっているのではないかと思われる。これで後3～4日たまらなかったらハラベンが効いてきたということ！　そうなるといい。

9時半　洗髪、かなり髪の毛が抜けた。驚きもなし。

夫が3時半頃来る。イチゴを買って来てくれる。二人で幸せな時を過ごした。夫も一生懸命やってくれるが要領の面で今一つ。下着と言ったら下着しか持ってこなかった。まあ、いいか―。

レントゲン上、一昨日と殆ど変わっていないと言う。つまり、針を指した位置より下にたまっている。あんなに苦しかったのが改善されて夢みたい、と思った。人間って次の欲求が出てくるんだ。それでいいのかも。

富田先生からの手紙を読む。理解してくれてるってこういうことよね。よけいな気遣いもよけいな説明もなし、直で分かり合える。

ふっと思う。あとどれくらい？　言葉上は分かっていても、それは心のどこかにまだ時間があるって思っているから。本当に時間がないという事実を突き付けられたら、こんなに冷静ではいられないはず。こんなに水がたまって肺が痛め付けられていたら、この先、何年なんて考えられない。

霜が降ろうと、雪が降ろうと、水仙は春を忘れず。

2月1日

外は雨模様。

休日だというのに市橋先生、中橋先生、古屋先生来てくださる。胸を診て市橋先生、「岩本さん、効いていますよ」。うれしかった。

喜久江ちゃん、知子、寝巻を買って来てくれる。
4時頃、夫が来る。イチゴを食べる気もなく。この頃から熱があったのか、夕食時には39度の熱。幸いなことに澤先生がいてくださって素早く対応、9時には方向性も見えてきて熱も下がってきた。いったいこれは何だったのか。これだけ体が弱っているということなのか。穏やかな日なんて来ないのかもしれない。

コスモスの私

派手でもなく
かれんに咲く
風が吹いても
雨が降っても
折れそうで折れない

3日だけ元気な日をください

1日目
私はいちじく、柿などの剪定をして消毒をするでしょう。午後は家のまわり、畑の草取りをしてきれいにするでしょう。そうそう、じゃがいもも蒔きましょう。

2日目
亜衣の卒園式に出るでしょう。あの坂をぐんぐん上って、横浜学院幼稚園に行くのです。
亜衣や海成をぐっと抱きしめてやりたいです。

3日目
お父さんと夏に生まれてくる孫のことを話します。
お父さんとゆっくり一日を過ごします。
おいしい料理を作って食べさせてあげたいです。

3日目じゃたりない。

4日目
家のお墓と実家のお墓に行ってお参りしたいです。
この若さで間もなくそちらに行かなければならないことをおわびするでしょう。

そして
もう一日元気な日をくださったら、今までの人生で
出会ったすべての方々にお礼を述べたいです。

2月3日
　ごはんを食べなくちゃ
一口　自分のため
一口　お父さんのため
一口　子どもたちのため
一口　孫たちのため

ほっとして横になる　目の先に下弦の月あり　病院の窓
風が吹いても　雨が降っても　折れそうで折れない　秋桜
夫が届けてくれし洗濯物　柔軟剤の　香ほのか

2月5日
亜衣ちゃんから手紙が来る。

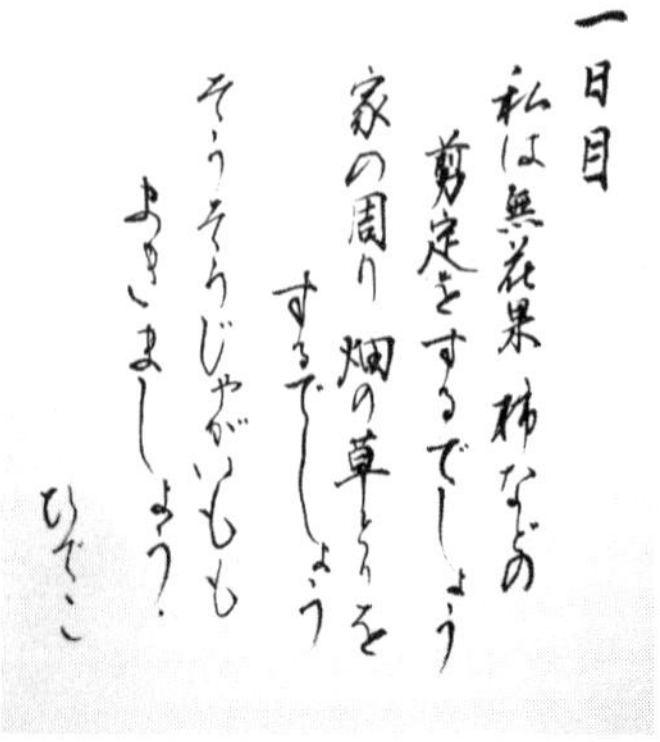
一日目
私は無花果 柿などの
剪定をするでしょう
家の周り 畑の草とりを
するでしょう
そうそうじゃがいもも
うえましょう
ひでこ

栄子ちゃんが仕事の帰りに寄ってくれた。２人だけの談笑、うれしいうれしいひととき だった。

２月６日

10日目、あっという間に過ぎた。

今日は薬の注入。こんなに胸水がガボガボたまっているのに本当に止まるのだろうか。ひょっとしたら止まらなくて、ドレーンは抜けなくて、どうしようもなくて、はい緩和ケアへどうぞと、こうなるのでは……という思いが強くなった。こころのどこかに何とかなるという気持ちもあったけれど、ここまできたら夢や希望がどんどんしぼんでくる。どうみても末期としか言いようがない。

不安になって、４時頃目が覚めた。でもあと数日元気な日を確保するには今日の治療に希望を託すしかない。がんばろう。

いいことだってある。水が抜けて肺が広がって酸素の取り込みが多くなった。何と酸素を付けて98、付けなくて96。

午後2時、薬の注入治療開始。栄子ちゃんには、今日はいいよとメールを入れた時、仁美さんが入って来たのにはびっくりした。あまり話もできずに申し訳なかった。

4時終了。これで止まってくれるといいんだけど……祈るような気持ち。止まらなかったら終わりだから。

とうとうこんなことをまとめねばならない時が来た。

英子の終末医療

① 延命措置はしない

② 痛みが出たり、呼吸が苦しくなったらモルヒネを使って深く眠らせてほしい（中途半端はダメ）。モルヒネを使う直前にみんなに会い、別れを言いたい。

英子の葬儀

① 通夜はなし（そばについていなくてよい、ゆっくり休んでください）
葬儀は休日が望ましい。

② 生花だけはあげて欲しい。
当家、谷和原、恭子、中野家、いんきょ・おもて、お父さんの姉弟めいめいに名前を出してもらえると有り難い。

③ あとは簡素に。

④　班の人へのお礼を忘れずに……、おもて、いんきょの二人分を加えること。
⑤　一周忌のみ　谷和原、お父さんの兄弟を呼んでやってください。3回忌からは恭子、裕志たちだけで十分です。
⑥　遺影は、裕志の披露宴に出かける前にお父さんに撮ってもらったのを使ってください。幸せな時でした。お父さんが気に入った写真があったらそれでもいいですよ。
⑦　弔辞は誰にしようかな。まだ決めていない。富田さんにと思うけど、いろいろのことを考えると、芳師渡さん、真家裕美ちゃん……
⑧　幡谷先生にアメージンググレースを歌ってもらいたい。

裕志の子ども誕生の時
①　うぶ着その他準備してあげたいけど、これは栄子ちゃんにおまかせするしかないかな……。河合さんに頼んでおきます。
②　お祝いとして、30万円あげてください。
③　お宮参りは恭子に言って、亜衣、海成の宮参り用の着物を貸してもらってください。
④　お宮参りの日は、外で食事は厳しいと思うので家でお寿司などを取ってお祝いするのがいいと思います。
⑤　お宮参りの前に、地区の人が出産祝をどうするか問い合わせがあると思います。接

待をしなければならないし、お返しを用意したり大変なので、出産祝、節句祝、破魔弓（男の子の場合）、羽子板（女の子の場合）は、すべて辞退しますとのことを班長さんに伝えた方がいいと思います。

このことは、たばこやの栄子さんにこんなふうにしたいんだけど、と前もって聞くといい。

⑥ 3つの祝、5つの祝（男の子の場合）、7つの祝、入園祝（3万円）、入学祝（10万円、机などを買ってあげる）などは忘れずに。

2月7日

窓際の小渕さん、若いのにどうも病気が進行しているらしい。お子さんは1歳と4歳。ご自分でも自覚してエンディングの準備をしている様子。彼女が緩和ケアの人と話をしているのをまた聞きして思わず涙が出てしまった。

よい景色を眺めながら足湯、最高に気持ちよかった。

2月8日

外は雪、同じような日が続く。

栄子さんから手紙が届く。うれしかった。

2月9日
今日は日曜日、病院内はひっそり。眼下は一面雪景色。富士山、日光連山と眺め最高。隣の方はお話が好きでよく話しかけてくる。
私の体調はというと、肺は広がっているとはいえ中々酸素取り込み量が増えない。酸素なしで94、ちょっと歩いて来ると苦しいというよりフウフウ腹呼吸になる。胸水も減りそうで減らない。やっぱりこれは……と考えてしまう。

2月10日
今日も祈る。
下弦の月に、明日こそ今日よりよい日でありますように。

2月11日
福ちゃん、亜衣ちゃん、海成くん、裕志、栄子ちゃん、みんな揃って見舞いに来てくれ、談話室でおしゃべり。孫たちの可愛さに癒された。私の様子に二人ともびっくりしたようで海成はだっこしなかった。ココスでみんなで食事して解散したとか。

2月12日

今日は富田先生が来ることになっている。楽しみなのと不安なのと複雑だ。夫は東大病院へ。富田先生が10時に来てくれて、ちょっとおしゃべり。元気になったところでお会いできてよかったです。

夫からメール。経過は良好ということでこちらはよかった。夫の前立腺癌発症の頃、あちこち動き回っていた頃がなつかしい。それが今の夫を支えているかもしれないのだ。先手を打つとはこの時も生きていたはずなのに、なぜ自分の時は生かせなかったのか。悔しい。

2月13日

夕べのあの月は何だったのだろう。2時～4時だったと思う。大きな月が病院の目の前の地平線のかなたに。朝日にバトンタッチをするかのようにオレンジ色の大きな月はすうっと沈んで行った。またまた手を合わせて祈ってしまった。またあした、私の願いの返事を持って来てくれるような気がした。

2月14日

朝から雪。朝方男子フィギュアを見てしまう。
ドレーンをクランク、3日間の水の様子を見る。午後痛み止めを飲む。痛いと何をする気もしない。痛みが治まるといろいろやってみたくなる。人間ってこんなもんだよね。

2月15日
全く外の寒さは忘れてしまう。昨日クランクしたところにたまった水、180ccくらいだろうか。確かに少なくなってはいると思う。
市岡先生、「ああ、いいですね。これだと月曜日はレントゲンを撮って抜くことを考えていけるかもしれない」「わーうれしい。一筋の光ですね」「おうちに帰れる見通しができたってことね」
これらの言葉に同調できなかった。そうかー。私の病状は治るということはないんだよ。分かってはいるけど悲しいよね。福ちゃんはまだまだというけれど、残された時間はそう長くはないよね。残念ながらそんな気がする。
だから、残された時間を大切に使わなきゃと思うけれど体調が悪いとそうはいかない。
満月に今日も祈る　明日こそは今日よりもよい日でありますように
満月に今日も祈らん　明日こそは今日よりも　ちょっぴりよい日でありますように

新しい命の胎動をずっと待っていた　どうか玉の子が生まれますように
新しい命の胎動　ずっと待っていた　玉の子が生まれることを今日の月に祈らん
いつもとは違うばあばの姿に戸惑う孫たち　ばあばの分まで強く長く生きてと抱きしめる

2月18日
葛西、清水……ラージヒル銅メダル
今日念願だったドレーンが抜けた。長かった。外は快晴、とても暖かそうだ。体もそれなりに楽になった。ただこれからたまらなくなることを祈るのみ。

2月19日
明日未明はいよいよ真央ちゃん登場。今日は早く寝て絶対見ようと思う。
真央ちゃんショートで2度も失敗16位、何をやってんだよー。
トイレへ行っただけでハアハア。ドレーンが抜けたらスイスイと思っていたのに本当にがっくり。これが今の体力であり病状なのだなあとしみじみ思う。治療をやるたびに希望を持ち続けてきたが達成度はこの程度かという落胆と……。全く夢も希望もあったものではない。これを絶望と言わずして何を絶望と言うのだろう。

本間さんに　過　黒　暗
　　　　　即　黎　明
と書いたメモをいただく。彼女はがんばらないと言う。実に粘り強い。

2月20日
リハビリ、10時45分より。酸素量をあげていろいろな動きをやった。体が柔らかいと言われていい気分。帰りは2ℓで、なんとリハビリ室から西病棟まで歩いて来た。呼吸が乱れることもなく帰って来た。そうだよ。私、歩くことには何も問題なかったのだから。西11病棟が開いた時、駆け足でベッドまで来たくなった。本気でそう思ったのだ。

2月21日
11時50分、夫来る。
落ち込む私に真っ赤な夕日が光を放つ。沈む夕日に祈らん。明日また希望の光を連れて来てくれますように。
右の胸水を抜く。本当によくたまっていたものだ。こんなに水攻めにあって城が落ちないはずもない。明日退院だというのにこの絶望感は何なのだろう。確かに楽になったが、とても咳込み安定しない。体はだるいし、寝ているのがつらい。なんて情けない話だ。

ゆらゆらと　かぎろひ立つみえて　春きたるらし　つくばの家並み
生まれかわっても　またいっしょになろう　六十七歳からの人生を二人で歩もう

退院

2月22日　快晴
昨日右胸水を抜いてもらったら、夜酸素なしでトイレに行けた。上向きに寝ても苦しいこともなく久しぶりにぐっすり眠れた。きっと今が一番。水もなく元気な時かもしれない。
帰ったら小林みっちゃんと引き継ぎ（民生委員）、これを完了させようと思う。今の体調のうちに……。後は坂東先生にお任せするしかない。できるだけ長く夫のそばにいてあげられるようになりたい。涙がとめどなく流れる。これを悲しみと言わずして何を悲しみと言うのだろう。
私は奇跡を起こす！

負けてたまるか！

2月23日
真央ちゃんのすべりにくぎづけ。

2月26日
みっちゃんに引き継ぎ（民生委員）無事終わってよかった。ほっとした。

3月10日
庭の剪定で大枝グリーンさんが入る。知らぬふりをしとおす。元気なふりをしてお茶を出す。

3月12日
口内炎がすごくて流動食。すっかりやせてしまった。

3月14日
亜衣ちゃんの卒園式。夫が出席。夫が撮って来てくれたビデオを何度も見る。感動した。

3月17日

16℃。いつのまにか春風が舞っている。退院して3週間だというのに何もやらずに今日まで来てしまった。毎日自分のお守りで精一杯。今日は10日ぶりに口内炎が治り、うれしい。ずいぶんやせてしまった。45kgくらいしかないいんじゃないかと思う。口内炎が治まると今度は……。なぜか、3、4日前から胸水がたまった感じがする。夫は気のせいだと言っているけど私はそうは思えない。呼吸するたびにみぞおちあたりがニュルッ、ニュルッと音がする。いかにも胸水様だという感じだから。

夜3時頃から身の置き場がないほど大変なのはどうしてだろう。

再入院

3月18日

な、なんと、キッチン隣の階段を3段降りただけで心臓バクバク、口で呼吸しても間に合わず。椅子で一休み。そこから主人の車まで遠いわ遠いわ。車に乗ってもハアハア、こんなの初めて。
こうして病院に来て診察、レントゲン。右に胸水がたまっていると言うことですぐに入院となった。すぐにドレーンを挿入、千cc抜いた。咳込みもひどかった。夜はぐっすり眠れた。

3月19日
ドレーンを開けて千ccとると言う。午前中に2度、結局右、二千五百ccも。急に抜いたので咳込みがはげしく、本当に苦しかった。午後も尾を引いて大変だった。
夕方、癒着術をやる方向でいこうと、坂東先生。左側はよく効いていると言う。

3月23日
過去最低の体重、これを47キロまで戻すぞ。
がんばれ英子!
折れるな英子!
夕べはよく寝た。でも変わらない。体調は悪い。

3月24日

外は天気がいいらしい。気分今ひとつ。食欲今ひとつ。出ている水に栄養が追い付かない。しょうがないよな。

今日の回診はすごかった。偉い先生がいっぱい。坂東先生がおっしゃった「癒着術をやります。薬を取り寄せますので明日かあさってになります！」

ちょっとは希望が持てる。水攻めから解放されたい。そうすれば生活の質ももっともっと上がるはず。

洋子さんと夫、11時頃来て一緒に食事、おいしかった。

部屋の引っ越し、窓側になってホッとする。動いても特に苦しさなし。酸素沢山取り込めている状態。これはうれしい。快適とは言わないけど。

お父さんへ

お父さん、毎日通ってくれてありがとう。ついつい頼ってしまってすまないね。「食欲がないって」、疲れたんだと思う。どうか無理しないでね。私を見送るまで気の張りっぱなしだと思うけど、そんなに気をつかわないでいいからね。

〔付記〕日記はここで終わっている。以下、妻のメールから

3月19日
ありがとう。お墓にお花あげてね。お墓には水仙、ユキヤナギ等を加えて豪華に。あ
あ、花束作ってやりたいよ。彼岸に入ったらすぐに行くんだよ。また。お休みなさい。

3月20日
今日もいろいろありがとう。感謝。二人でできるだけ長くいられるようがんばります。
坂東先生、深呼吸できるようになるって。信じてがんばろう。お休みなさい。

3月21日
父さん、いろいろありがとう。ずっと長くいたい。

3月22日
周りのおばちゃんたちが、あんなにまめな旦那は中々いねーよ、だって。そういうわ
けで美味しそうな大判焼きをいただいてます。お休みなさい。

3月23日
明日はレンジでチンのウナギにしてみようかな。かんべい、見てます。お休みなさい。

3月24日
父さん、調子はどう？　つい頼ってしまってごめんね。無理しないでね。明日は治療
決まった。部屋代わりました。ウナギ美味しかった。お休みなさい。

3月25日
ミニカツ丼がいいかな。今日は昼頃治療やるそうです。
治療無事に終わった。特に疲れたということもなく元気です。お休みなさい。
3月26日　お疲れ様でした。ミカンの缶詰、ミニサイズ、おかずはいいです。
3月27日
お父さん、焦っているよ。落ち着いて、落ち着いて。何があっても焦ってはダメ。明日は気を付けて来てください。
3月28日
食べたよ。ミカンの缶詰も。真央ちゃん最高、今日はこれがすべて。
父さん、管がとれて軽くなりました。突然でびっくり。いつ退院してもいいと言うけれど私としては様子を見たいです。
3月29日
今日は疲れたよ。裕志は幸せそうでこちらもうれしい。お金のこと言っておいた。
真央ちゃんよかったね。待ってます。気を付けてね。
3月30日
たこ焼き食べたね。思い出したよ。お休みなさい。
3月31日

ありがとう。楽しみにしてます。無理はしないでね。見るよ。お休みなさい。
4月1日
なし
4月2日（朝）くださいバスタオルパンツ早めに来て（原文のまま）
4月2日（続けて）毎日ありがとう  今日は
〔付記〕メールは私への感謝の言葉で終わっている。モルヒネが少しずつ強くなって意識も朦朧としてきた。

第二章　寄り添い支え合う

――夫の介護日記から――

２０１３年

4月15日

那須へ。自宅10時発、3時間かけ、ゆっくり到着。ミッシェル協会、ステンドグラス美術館を見学。

ペンション散歩道泊。家族露天風呂へ、至福のひとときである。妻も満足。

4月16日

平成の森へ散歩するがこれ以上は歩けないと言う。無理せず引き返す。久しぶりの夫婦の旅、天気に恵まれ、あっちこっち寄りながら4時帰宅。

4月17日

妻に異常が。発熱38度、寒気、息が詰まる、のどが渇く等。夕方は下がったが。そこへプレミエールから電話。CA-153あと153が58、いったん下がったはずだが。妻、「覚悟はできている」とつぶやく。

4月19日

起床前、妻が突然「お父さんハグして」と泣かれる。「本当は思いっきり、泣きたいの」「危機感でいっぱいなのに田上先生は応じてくれない。どうしようもなくなってからでは遅いのに」と。

4月20日
裕志夫妻来宅。4人で畑作業、なんていい風景だろうか。栄子ちゃん要望のズッキーニも植える。「お父さん、幸せよ。」と妻。

4月24日
妻、ネックレスなどを整理している。「これは恭子に、これは栄子ちゃんに」と。妻はむくみがとれて喜んでいるが、顔を見て、やせたなーと思う。

4月25日
妻、吉野家の牛丼が食べたいと言う。なぜ、吉野家牛丼か、昼の準備が大変なのだろうか。

4月27日
妻、やっとの思い（体力）でプレミエールへ。市ヶ谷からタクシー。免疫治療5回目、

1回40万。この先端医療にかけている。

4月28日

今日で第1回目の手術以来16年目になる。

4月30日

協同病院へ付き添う。今回は大原先生に診察。先生の優しさに妻は安堵感。婦長や看護師に会い話を聴いてもらっている、そのうれしそうな表情にホッとする。

5月4日

妻66歳誕生日。裕志夫婦の招待で「喜作」でコース料理。申し訳ない気持ちで御馳走になる。二人の気遣いもあり、これまでで最高の誕生会になる。やっと体調が戻ってきたことも加えて、今年も最高の誕生日となる。「一年で一番いい日よ」と妻。

5月6日

妻、節ちゃんに会う。悩みを聞いてもらい励ましてもらい、元気そう。滝口先生に手紙を書く決心をしたという。「今が勝負」だと早速書き始めた。「術後16年、今が一番動いています。先生何とかして……」という手紙だとのこと。

5月7日

妻、「希望を取り戻した」「この10日間、あきらめ感があった」と。福ちゃんに中継ぎをしてもらっている。

5月9日

朝、前担当医の滝口先生から電話。すぐ協同病院に来るようにと。妻からの滝口先生への手紙（訴えでもある）「術後16年中、今が一番動いている、先生何とかして」が先生を動かしたのかもしれない。ＣＴ検査後胸水を抜く、１ℓもたまっていた。転移の可能性も。

夕方、滝口先生と関看護師から別室に呼ばれ、「性質の悪いがん、最悪のことも考えておくこと」と宣告される。呆然とする。妻には、「覚悟して聞いてきて」、と言われたものの涙が。中々部屋に戻れない。たいしたことはないように部屋に戻るが妻は何も聞かなかった。福ちゃん、恭子に話しまた涙、裕志に話しまた涙。妻のいない生活が浮かびまた涙。３、４日の入院になる。

思い起こせば、一月下旬にこんなことがあった。一月いっぱい咳込みなど風邪の症状の妻に、私は近くの医者に診てもらうことを勧めたところ、先生は、「このフィルムを持って担当医に相談しなさい」と。妻は早速担当医へ行った。ところが、「岩本さんは気にしすぎる。何で別の病院に行ったのか等と半分お叱りを受けた」というようなことを話していた。最初のがん治療依頼これまで16年間、医者の掛かり方が妻ほど上手な人はいないと自他ともに認めていたのが崩れかけ始めたのである。その後、悶々とした日々が続き、田上先生と相性が合わないと悩み続けていた。その結果がこうなってしまったのだろうか。そんなことが脳裏をよぎった。

5月10日

昨晩、担当医の田上先生が来て、「申し訳なかった。これからは、筑波大病院で私が診ます」と涙しながら妻に語ったと言う。滝口先生は田上先生には告げずに独断で診断したらしい。その経緯は定かでない。いずれにしても妻の手紙が滝口先生を動かし、そして田上先生を動かしたことになる。本人がこうして動かないと医者は動かないものか。

〔付記〕このことについて、妻はノートに「担当医の田上先生についてはやはり疑問を残したままだ。…」と記している。

5月12日　退院

妻がいるだけで安定する。滝口先生から、「今後の治療は、筑波大病院、田上先生のもとで」と告げられる。

5月17日

協同病院から21日筑波大病院で診察するようにとの電話。待ちに待った電話だ。妻は胸膜転移だと言っている。インターネットで検索すると、胸膜転移がいかに厳しいかそればっかり、中には転移を告げられ一週間で亡くなった人の話も出ている。ああ何故こまでひきずってしまったのか。いつのまにか机を叩いていた。

5月20日

今朝食事の準備をしていたら、ジャムと梅みそを間違えてしまう。こんな単純な間違いに自分がみじめになる。涙が出てくる。妻が、皮のむき方、火力の具合等丁寧に教えてくれる。ちょっと前までは、夫に覚えさせるまでもないと思っていたのか、台所のことは私にやらせてくれなかった。

「木崎さん宅のバラ鑑賞会に行こう」と妻に誘われる。そして郵便局へ。税の還付金が27万戻る。ちょっと贅沢な昼食。妻は全部たいらげてた。「今日が一番いい日かもしれない」と妻。一つ一つを、二人の時間を大事にしている。裕志と恭子に事の重大性をメール。明日は初めての筑波大病院の日、明日が怖い。

5月21日

一番怖い日になってしまった。

田上先生から「乳がんが転移、癌性胸膜炎。9月まで持つかどうか分からない。理由は、がんの性質が悪い、アバスチンが効くかどうか、一カ月で効果が分かる、もし効かなかったら……、緩和ケアを考えておいた方がいい。」と宣告される。「9月まで」がきいた。協同病院の宣告とは違う。精神状態は朦朧としていた。

しかし、午後は峰山中学校、非情にもこうした状況の妻を置いて、峰山中学校に向かった。車の中で涙。裕志、恭子には話したが泣けない。峰山中学校での授業参観の途中にも、講話の途中にも、あの宣告が脳裏をよぎって話がまとまらない。

帰宅して、インターネットで「乳がんが転移、癌性胸膜炎」を見る。呆然とする。

今の自分があるのはすべて妻のお蔭。面倒見てもらえない、励ましもしてもらえない……そんなことが脳裏をよぎる。抗がん剤、アバスチン治療が始まる。

5月23日

学校訪問等せわしい日々が続く。こういうせわしい生活がバカバカしくなる。今日から人生をゆっくり歩もう。研修学院の仕事を全部断る。学校からの研修依頼もできるだけ断ろう。そして妻との生活を最優先にしよう。妻に寄り添い、濃密な二人の時間を最大限に作ろう。そういう覚悟が脳裏に浮かんだ。それができなかったら後悔するだろうから。

5月29日
夫　今日の予定は？

妻　カインズに行って、100円ショップに行って……。

　こんな会話ができるのは退職して初めてだね。トマトの支柱はいつ立てるの？

夫（テレビ見ながら）9時半になったらやろうか。そしてお茶飲んで、その後買い物に行こう。

　たわいのない会話である。こんなゆとりを見せたのは初めてかなー。

　命がいつまであるか分からない。その間充実した日を。美味しいケーキやメロンも食べよう。これまで人生をゆっくり振り返ったことが一度もない。その振り返りをしよう。私自身の道しるべになるかもしれない。これからは、他のことは犠牲にしても妻に寄り添い続けよう。料理教えてほしいな、指図してほしいな。

5月30日
今日も田上先生からのあの「9月まで」が脳裏に浮かんできた。
こんなにもいつも一緒にいる夫婦は他にいるのだろうか。朝起きるのも、寝るのも、風呂に入るのもみな一緒。そして考え方も志も一緒……。そんなことを二人で話していた。
「今日が一番いい日かもしれない。もっといい日が来てくれればいいけど。だから今日を最高に生きよう。」と妻。

5月31日
10時のお茶で妻との会話
妻　明日はにぎやかになるね。
夫　母さんは時間が来たら横になるんだよ。
妻　恭子たち美味しいもの作ってくれるだろうねー。みんな料理の専門家だから。
夫　恭子と福ちゃんの接点は料理だからね。
妻　裕志と栄子ちゃんの接点はコーヒーかな。

夫　俺たちは斎藤喜博。
妻　斎藤喜博の教育観を貫いてきたんだものね。
夫　そうだね――。
　感慨深げに。

6月1日
　妻の診察メモ「お聞きしたい事」を携えてプレミエールに行く。
・免疫治療を取り入れることで、この状況を克服できるのか。
・克服できる見通しがあるならばそれにかけたい思い。
・抗がん剤＋免疫治療で抜け出す道があるのか等々。

　星野先生から
・今の治療を3～6カ月継続。3月までに水がたまらなければ3年先まで展望。
・3カ月が勝負、根治治療を。血液をもっと取れれば別のプログラムを。

　プレミエールを出ると早速妻に電話。帰宅すると孫たちが来ている。

6月2日

午前中、カワイ呉服店に、亜衣ちゃんを連れて七五三の着物を依頼に行く。着物を選んでいる亜衣ちゃんのうれしそうな表情を見ている妻に目をやりながら、11月の七五三まで妻は生きていられるだろうか、そんなことを考えてしまった。

夕方、孫たちを石岡まで送る。「すべて任せたので疲れなかったよ。それにしても、海成、かわいいねー。海成の言葉が心地いい」、と妻。海成も間もなく2歳だ。

6月4日

私が朝食を用意している時間、妻は草取り。「畑が私を呼んでいるの。それが至福の時間なの、遠くへ旅行するより家の周りのことをする、それが一番の生きがい。やることはいくらでもあるしね」と妻。

仕事から帰ると夕食ができている。体力的には回復ある証拠か。そんな生活に早く戻りたい。

6月6日

5時半起床。妻は「畑が私を呼んでる」と言いながら庭先の畑に向かう。ラッキョウを抜き始める。私も一緒にラッキョウを抜くと妻はラッキョウを整理し始める。朝食後にはもうラッキョウ漬けになっている。一気にやってしまう、すごい。今日の妻は私よりも元気だ。久しぶりに一日中妻と一緒。
「早く寝よう、早く起きて、畑やるのが楽しみなの」と妻。

6月9日
「お父さん、ご飯だよー」の声、何日ぶりだろうか。
カレーがおいしい。「みんな手作りだよ、柔らかい味でしょ、粉カレーで作ってみたの」「こんなゆとりは久しぶりだねー」と妻。
皇太子夫妻結婚20周年のテレビ放映、雅子様に「寄り添い支え合う」皇太子。私たちと重なって見えてくる。私もとことん寄り添いたい。

6月11日
昨日、病院でCA―153マーカーが下がったことを告げられたせいもあってか、朝起きると元気に畑に出て野菜の育ちを確かめたり草を取っている。
「畑は私にとって生きがいなの。美味しいもの食べて、楽しいことやって、元気が出てきて、息吸うのが普通になって、マーカーが下がって、……がんばるぞー」と妻。

昼食は喜作へ、懐石料理。世間話、孫や子どもたちのこと、教育の話等々、一時間以上もかけて、時は実にゆっくりと流れた。こういう時間を、大切にしたい、奪われたくない、いつまでも続いてほしい。

6月15日

4月以来の東京市ヶ谷のプレミエールへ、免疫治療である。駅からタクシー。星野先生が妻の顔を見るなり驚いた表情で、「よく来られたねー」と励ましてくれる。星野先生の意気込みに妻の表情もいい。帰りは駅まで歩くと言う元気ぶりである。抗がん剤の治療とこの免疫治療がコラボして、なんとか妻のガンを撲滅してもらえないだろうかと祈るばかりである。「今日は画期的な日だった」とつぶやく妻。

6月23日

裕志夫妻と4人でジャガイモ掘り。「お父さん、この風景なんていいんだろう。幸せ。栄子ちゃん、いやがらずに、いい娘だね――」

夜8時、妻が「木8」を見ながら歌を歌っている。普通になってきたかなー。

7月1日

定期検診で、胸水の影も小さくなりマーカーの測定値もずいぶん下がってきた。妻は興奮気味に、「光が見えた！」と声にする。私もうれしい。先生は、「今後も抗がん剤を続けていく、効かなくなった時が課題になる時だね」と。

7月3日

妻がとても活動的だ。病気前の生活が戻ってきたみたいだ。「一緒にやる（夕飯片付け）と早いね。一緒にお風呂に入り、一緒に寝る、新婚さんみたいだね」と妻。「本当だ、2回目の新婚だ」と私。

手をとりて　睦まじく行く　中年夫婦　その気持ち　わが身にせまる

妻の歌である。

7月10日

受粉して40日、スイカが立派な実を付けた。「ちょうど食べごろ、おいしいよ」と妻が4個もぎってくる。

7月11日

朝食で妻が独り言を言っている。
これは、家でとれた、たまねぎ、メロン、トマト、なす、きゅうり。
これは、タバコ屋でいただいた漬物、かぼちゃ。
これは、洋子さんからのシジミ。
これは……。全部で18品目、うれしい！　豊かな食事だね――。

7月13日
プレミエールへ。妻一人で行く。先生もびっくりしたとのこと。ここまで来ることができた妻の生きる力、すごい。希望を抱き続けているからだろうか。
「10年、生きようね」の私の言葉に、妻は「私は、1、2年かもね」とあっさり言う。

7月15日
妻、副作用の熱、夕べから38度を超えている。夜9時、妻の教え子の山下君（今では45歳になる）から電話。熱があるのだが電話に出ると言う。「山下君、だめよ、しっかりしなきゃ……」と涙声で話している。電話のあらましは、「ぼくは、小学校一年生の時お世話になった山下です。岩本先生にはいっぱいかわいがってもらいました。僕にとっては岩本先生だけが先生でした。冥途の土産に先生の声を持って行きたいと思って電話をしました」ということだった。妻は、電話を切った後、この状況にこれ以上関わることができない苛立ちでじっとうなだれている。そして一言、「私は、どの子も平等にかかわった。私の誇り」と。

7月22日
妻は民生委員の集まりに。
4回目の副作用が襲った。これまでにない副作用である。「怖いの、これからどうなってしまうのか。前は希望があった。でも、今はない」と涙ぐんでいる。つらい。

8月26日
東京の明子さんが亡くなる。一年前、我が家にまで来て、東京ミッドタウンクリニックの「免疫療法」を勧めてくれた従弟の娘である。「私はこのお陰で今があるの」と自信をもって勧めてくれた治療法である。その彼女が逝去した。この知らせを妻に知らせることはできない。

8月27日
プレミエールへ、7回目である。有効性について聞く、「3カ月が勝負だねと」と星野先生。
「お父さん、すまないねー」「いいんだよ。母さんと恒例のピクニックだもの」
帰りはいつものように東京駅地下街のレストランへ。ちょっと値の張った格別のパスタを頼んだ。これが実に美味しい。「こういう楽しみもなくちゃねー」と妻。

9月1日
9月が来てほしくない、そう思ってたその9月が来てしまった。「9月までもてばいい」と田上先生に宣告された「9月」である。
朝、起床前の布団の中で、妻が「不安なの」と言う。これからの治療、主治医との関係等々のことで。「可能性としては、延命とQOL、根治するわけではないし……」と妻。

9月5日
夏のセミナーのまとめ、5時間ワープロに向かう。10時にも、3時にもお茶。心温まる妻の心遣いが伝わってくる。お茶を飲みながら語らう。恭子、裕志、福ちゃんや栄子ちゃん、上長の両親、私の両親、兄弟のこと、次々と話題が広がっていく。夫婦でしか、しかも年齢も職業も同じ、共有してきた時代が同じだからこそ話題が尽きないのか。こういう生活がずっと続いてほしい。

9月7日

朝食は、パン、ジャム、キュウリ、オクラ等のサラダ、そしてリンゴと人参の手作りジュース、みんな妻の手作りだ。「おいしい、最高のぜいたくよ。体が動かなくなっても、お父さんの食事だけは作りたいなー」としみじみと語る妻。家での食事が一番うまい。

中学校の体育祭。「机の上に、お祝い作っておいたよ」と妻。こういう配慮をいつも忘れない。だからスムーズにいく。ありがたい。

9月9日

テレビは東京オリンピック一色。「そこまで生きていられたらなー」と妻。数年前、あの寒い中、妻のたっての希望で長野オリンピックに行ったことを思い出す。

9月10日

筑波大病院へ。今日から毎週通院になる。帰りの車の中で、「介護している時が一番だよね」と妻。どちらの両親をも妻はよく介護していた。実によくやってくれた。

9月11日

「今日から積極的な生活するよ」と妻。外出して買い物等、「抗がん剤に負けられない」と。

9月12日

毎週抗がん剤を、それに打ち勝とうとして自分に鞭打つ妻。いつかそれに負ける日が来なければと祈る。

9月17日

筑波大病院へ行った後、石岡の病院へ。

帰宅すると、「お父さんがてんぽうそうでなかったこと。私の心臓がなんでもなかったこと、肺の水たまりが殆どなくなっていること。最高に幸せよ」と。てんぽうそうでなく、単なる虫刺されであることを、まるで自分のことのようにうれしそう。帰宅後、動くこと動くこと、本当にうれしそうである。台所で、風呂で歌が出る。久しぶりの光景である。

9月18日

妻は、「夕べはうれしくて眠れなかった」と言う。念願のココス朝食バイキングに行く。期待して行ったのだが、やっぱり妻の朝食の方がいい。

何気なく新聞の広告欄を見てると、「ANK免疫治療法セミナー」の案内に目が行く。どんなものか気になり、さっそく電話。「とにかく行ってみようか」ということで参加の予約を取る。

9月21日

東京、都市センターホールへ。ANK免疫治療法セミナーに参加。参加者も多い。これまでの免疫治療に上回る治療法だと言う。スタッフに相談。抗がん剤に蝕まれていくのを心配している今、延命から根治へ。免疫治療に妻は乗り気だ。「最後の賭けになるかもしれないね。やってみようか」とためらいながら話す妻。日本橋、石毛クリニック、早速予約を取る。

9月23日

仕事の帰り、妻よりメール「誕生日祝いのケーキ、用意しました」。昨日は私の誕生日だった。私もすっかり忘れていた。

9月24日
協同病院へ。降圧剤、利尿剤を飲む。「でも、体はすっきりしているよ」と妻。売り込みの電話がかかってきて、味気なく断ると、聞いていた妻が、「お父さん、ああいう人を無下に断らないで、生活がかかっているのだから。聞いてあげて」と言われる。

9月27日
石毛クリニックへ。妻、経過を説明。「無駄なことをしたねー。ステージ4からのスタート、4クールは必要です。もっと早ければ完治の可能性が大きかったかもしれない。治るからがんばりなさい」と石毛先生。最後の挑戦、賭けになるだろうと決意をする。妻は何度も私に「やっていいの？」と尋ねる。1クール400万もかかるからだ。「今は一年でも二年でも長く生きてほしい。しかも元気に。副作用などない人生を、そんな願いからためらわず頷いた。

9月29日
抗がん剤の副作用が大きく、手足のしびれ、味覚等にきている。なのに、妻は朝からイチジクの木の下の清掃やら畑仕事をやっている。ANKとの出会いが力になっているのだろう。

9月30日

朝、目が覚めると、妻が「不安なの、可能性としては、延命とQOL、根治するわけではないし。主治医の先生にこのことをどう伝えたらいいか。このことを先生に話したらもう診てくれないよね。」と言う。

5月21日の余命宣告「9月までもつかどうか」の9月が終わる。これまで9月になってほしくない、時間よ、止まれ！の連続であった。しかし、妻はまだ生きている。間違いなく。新しい治療に挑戦しようとしている。

10月1日

筑波大病院診療の日。9月から田上先生は異動し、坂東先生に主治医が変わった。ANK療法のことを先生にどう伝えるか。この数日間迷いに迷った。石毛クリニックに相談すると、いとも簡単に、「診察を中断したら」である。「それはできない。ありのままを話そう」ということになった。原稿まで用意をした。妻は、もしかして叱られるかも、もう診てもらえないかもしれないという不安を抱えてこの日を迎えた。

妻は不安をいっぱいにして診察の順番を待った。いざ坂東先生に正直に話すと、先生は理解を示し肯定的にとらえてくださった。「でも、なにかの時はいつでも来てくださいね。月に一度は診察しましょう」と、先生のこの一言に胸をなでおろした。

10月2日
東京、中島クリニックへ。ANK治療のために検査である。

10月3日
畑の野菜を3日ぶりに収穫。まんがんじ唐辛子、ナス、ピーマンと結構ある。
夫　こんな静かな日が続くといいねー。
妻　今度はうまくいけそうなの。人生最大の賭けだもの。
午後は相談日で妻は公務に。

10月6日
妻は孫の運動会で横浜に行っている。私は学校訪問で行けず。一人では到底無理なのに行った。それが雨で2日後に延期になってしまったとのこと。それまで体がもたないと判断したのだろう、「今日は帰ろうと思う。やっぱり疲れます。勇気ある撤退の方がいいかなと思って」と妻からメール。あんなに見たかった運動会だったのに。

10月28日

朝、胸の赤いポチ、しこりが取れている。定期検診の日、筑波大病院へ。レントゲン結果、胸水が増えていない。血液検査変化なし。

「生きる希望がわいてきた。お父さんとは何の隠しもしないでしゃべれるのがいいの。ありがとうございました」、「私はいつも創意工夫を、どの場面でもそうだったような気がする、それを記憶に留めておいてほしい」とうれしそうに語る妻。

10月11日

石毛クリニックへ。

「転移していないよ。何とかなるんじゃない。2、3クールでね。ハーセプチンの副作用は我慢だよ。胸水は抜いてもらえばいい。」あっさりと石毛先生。心配で妻が質問すると「まだ治療は始まっていないんだ」。妻は更に言い寄る。「先生、本当に信頼していいんですね」。先生は「いいよ」。こんな会話が。

10月19日

妻が玉ねぎの苗を買いに行きたいと言う。体調がいい。胸もなんとなくいいと言う。

まだＡＮＫ療法に入っていないのだが。

10月22日

何となく応募したＮＨＫ歌謡ショウが当たってしまった。妻は「行ける、行こう」と。一時間余りの立ち並ぶ待ち時間にも耐え、というより一緒に並んでいる隣の人と楽しく談笑している。妻らしい光景だ。目の前で初めて見るＮＨＫ歌謡ショウに感動。二人でこのような機会に出会えたことに感謝。「夢のよう」と妻。

「私たちはうす味の夫婦かな。濃い味だとすぐに飽きるものね」と妻。

10月23日

妻一人で買い物に。夕食のおかずがいつもより多く、美味しい。まだＡＮＫ療法が始まっていないのに。一山超えたような感じだ。

10月28日

明日がＡＮＫ免疫療法の初日。妻は「待ち遠しい」と何度も言う。

10月29日

ＡＮＫ療法「リンパ球戻し」、初日。大手術を受けてるような気持ちで見守る。30分後には説明通り悪寒、そして発熱。いよいよたたかいが始まった。石毛先生、「早かったな」「何とかなる」と二言。夜になると40度の発熱。これはＡＮＫ治療の特長であると覚悟はしてたが余りにも強すぎる副反応だ。

10月30日
朝になっても39度。妻はふらふらしながらホテルを出る。帰宅の途に。夕方、37度に。今度は片頭痛が起こってきた。気の毒で気の毒で、私もつらい。

10月31日
やっと普通に戻ってきた。

11月2日
第2回目のＡＮＫ療法「リンパ球戻し」、妻は「心臓が止まるかと思った」と言う。10時半、悪寒が戻る。帰宅の途、高速バスでの中で、強烈な頭痛が襲う。隣で一人うなっている妻をどう介抱しようか、そのすべなし。帰宅と同時に、飲んではいけないと言われている頭痛薬を服用する。そうする以外道なし。生きている心地がなかった。

11月6日
３回目のＡＮＫ療法「リンパ球戻し」で石毛クリニックへ。ところが、胸水の関係だろう息が苦しいという状況で治療どころではない。石毛先生の照会で急きょ日赤広尾病院へ、胸水を抜く。１ℓもたまっていた。今日は３回目治療はできず。妻は落ち着くまでということで、今晩は入院になる。
私の方は、石毛クリニックの指示で、取った胸水を治療に利用すると効き目がいいとのことで、石毛クリニックと日赤広尾病院を往復しながら、胸水を京都のＡＮＫバンクに送る手続きをする。それに振り回され、もうくたくた。「すまないねぇ」と悲しそうに言う妻に、「これまで母さんはみんなの面倒を命をすり減らしてみてくれたじゃないか、だから、母さんの面倒は父さんがやるからね」と妻に。

11月9日
３回目からのＡＮＫ療法「リンパ球戻し」は、土浦の提携の医院で行うことになる。

11月10日
亜衣の七五三の日だ。妻の病状から横浜に行くのは取り止め。６月２日、近所のカワイ呉服店に亜衣を連れて行って選んだ着物、その晴れの姿が見られるかと妻はずっと楽しみにしていた。「11月まで妻は生きていられるだろうか」、そんな思いがよぎったあの日である。でも妻は生きている。

11月22日

ＡＮＫ療法7回目終了。たいした悪寒もなく帰宅。

午後杉並小へ。4時、妻からメール「すぐに帰って来て！」、何のことかと思って電話をすると、泣きながら何かを言っている。何だか分からない。急いで帰宅すると、平常心を取り戻していた。私が家を出た後に悪寒と発熱、「心臓までどきどき、死ぬかと思ったの、ごめんね」と妻。当分は何が起きるか分からない。脇にいる必要がある。

12月2日

妻から、「お願いが2つあるの。今日鞄を買いに連れてってほしいの。それからもう一つ、お父さんの旅行を取りやめてほしいの」とすまなさそうに言う。

12月3日

ＡＮＫ療法「リンパ球戻し」10回目。今回も副反応が大きい。妻、ここのところ急に弱くなる。息切れ、動機、歩行も遅く、休み休みでないと次に進めない。

12月4日

これまでにないレントゲン結果。右にもたまっている感じ。胸水を抜く。なんと1.2ℓ。妻、この胸水にショック。石毛先生は、「すぐによくなることはない。ANKががんとたたかっているのだからそれ相応の副反応は仕方がない」と。あまりにも大きい副反応、それに殺されてしまうのではないかと危惧する。ANK療法で妻は身体がかなり衰弱している。負けまいと必死でたたかっている。そのためには私が支えるしかない。

12月5日

今のANK治療に不安がつのり妻は京都のANKバンクに電話。たいした回答はない。京都から石毛先生に連絡があったのだろう、少したつと石毛先生から電話。「大丈夫だ、がんばれ、新コラーゲンを送る、飲んでみなさい」と。

〔付記〕今思えばのことであるが、命をすり減らしながら取り組んでいる妻に石毛先生は「大丈夫だ、がんばれ、新コラーゲンを送る、飲んでみなさい」は、医者としてこんな言葉しか送れなかったのか、この程度のANK療法に、なぜ「人生最後の賭け」をしたのか悔やまれてならない。
妻にとって胸水は最大の不安材料、10／11に石毛先生に胸水の心配を話すといとも簡単に「胸水は抜いてもらえばいい」であって胸水を抜いてくれた日赤の先生も疑問を呈していた。石毛先生のＡＮＫ治療はその程度だったのか、とこれも又悔やまれてならない。その後ますます悪化を辿っていった。なぜこの時やめることができなかったのか。

12月6日
「痛み止めを飲んだ後、痛みがスーッとひけるの。そして眠るの。とても気持ちよくてね。あの時間が好きなの」と妻。

12月9日
「元気になりたいなー。元気な人見て、うらやましくて」、最近よく言う言葉だ。
「お父さんと一緒に選択した治療だもの、後悔はないよ。ここでがんばるしかない」といじらしく言う。これでよかったのだろうか、私も不安だ。もしかしてとんでもないことを強いてしまったのかと、不安がよぎってくる。

12月10日

4つの心配

・マーカーの状況
・胸水
・ANK治療「リンパ戻し」後の動悸、息切れ
・筑波大病院の先生から抗がん剤を進められていること「効いていないよ、間に合わないよ」と言われている。

この4つの心配ごとの相談に石毛クリニックに行ったのだが。先生が留守。代わりの先生は話にならず。

妻のリンパ戻しの点滴に付き合う。その後の悪寒、発熱、動悸、落ち着くまでには大変。このまま死んでしまうかもしれないと思うほどの副反応。そんなところに、事務員がお金の払い込みについて話に来る。こんな状況を察しできない事務員の無頓着さに怒りがわき、「今はその状況下ではないでしょ。患者がこんなに苦しんでいるんですよ。大事なことは患者に寄り添うこと、不安をなくしてあげることでしょ。私たちはこのANK治療に命をかけてるんですよ。……もし、うまくいったらこの顛末を書いて発表するつもりでいるんですよ。……」とこんこんと私の思いを話した。事務員が涙している

のを察してか妻は、「お父さん、もう言わないで、これ以上責めないで」と涙しながら私に懇願している。その後はやたらに看護師さんたちが親切。歩けないでいた妻を車椅子でホテルまで送ってくれる。

12月11日

午前中、石毛先生がいるというので相談する。先生は「体力が衰弱している。次からのリンパ戻しは半量に。命があっての治療、治療優先では何にもならないし。」と。「石毛先生を信じること」、と言うと「それは分かっているの」と妻。妻の心が少しはすっきりしたのか、帰りの妻の足取りがよくなっている。

12月14日

昨晩、妻の苦しみをずっと考えていた。命はどうなるのか、QOLは……。予想外のことがこれから続くのだろうか、不安だ。

12月15日

十三塚にミカンを買いに行く。こんな状況でもお世話になっている2つの病院に送るためだ。妻の心遣いが伝わってくる。この後妻は市の相談業務に。今日の様子を話すとよく聞いてくれる。妻も同じように話す。久しぶりの楽しい会話であった。

12月16日

前回リンパ戻しを中止したせいか、妻の体調がいい。体力も回復してきた感じ。夕食もしっかりと準備。妻と一緒の食事は楽しい。昔の話をする。新採で取手の梅の台荘に入居した時のこと、同じ職場で教鞭をとった時のこと、すべてが共有されている。話がいつまでも続いた。

12月19日

今年最後の学校訪問、城南中学校。帰途に妻からメールが入る。「お疲れさま。夕食はぶりの照り焼き、用意して待ってます。気をつけて帰って来てください」。帰宅するとすでに用意がされている。美味しい、味わいながら丁寧に食べる。そして今日の話をする。子どもの変容は勿論、教師の意識が変化してきたのには何ともうれしい、そんな話を妻にするのが又楽しい。妻はよく聞いてくれる、分かってくれる、そして応援してくれる。時には手拍きをしてくれる。

12月24日

午前3時、目を覚ますと妻が起きている。「この方が楽なの。夜中横になっていると身の置き所がなくなるの」「のどが渇くの、息が苦しくて起きてしまった。このまま逝ってしまうのではと思ってね。今日はこれまでで一番きつい。」と妻。

12月25日

この日は日赤に行く。マスクをやると苦しいと言う。ANK治療も岐路に来ている。再度筑波大病院に戻す時期かもしれない。

診察で豊島先生は、「吸収率が弱いから水がたまる。胸水がたまっても心配ないということはない、それで命にかかわるということはない。一カ月に1回くらいならよいが。片方の肺が使えているから。……」と今の治療に疑問を持つように話してくれた。

しかし、もう待てない。このままだと妻はこの治療で死んでしまう。そんな気がした。できるだけ早く筑波大病院で診てもらおうということになる。変更である。妻は「万事休すだね。最終章だね。」と言った。ANKはいったい何だったんだろうか。

12月27日

今日は、「この治療が効いているのかいないのか」、石毛先生に迫ることを決意して石毛クリニックへ向かった。先生は、「言いたくないけど効いていない」とつらそうに語った。「体がまいってしまっては意味がない。やめるか、中断するか、ですね。」、診察はそれで終わったがその後、コーディネーターとも語った。彼女は「今、いいと思うものを選べばいい、胸水を抑えるために化学療法をする、勿論効くかどうかは分からない」「化学療法―ANK療法―と両方のいいところを組み合わせて」こんな提案もしてきた。彼女は妻のことが全く分かっていない。営業優先、いけいけどんどんのスタンスに半分あきれた。

石毛先生に迫った後、待合室で妻は、息をふーっと吐いた。

「あ～あ、振り出しにもどちゃった。もう東京へ来ることはないだろうな――。お父さん、今日は忘年会だね。石毛先生が『言いたくないけど効いていない』と言ったよね。これで吹っ切れた感じ。11月は直すことに精一杯、何も考えず。でも12月になって、いっこうによくならない。ずっと疑問を感じていたんだ――。」と自分に言い聞かせるように淡々と語りつづけていた。もうじたばたするまいと死への覚悟を決めたようにも思えた。医者への怒りより落胆が私たちの体を走った。

私たちは根治治療ということを願ってこの治療を選択した。治療が始まってそのうち効いてくるだろう、明日には、明日には、と信じていた。治療を始めて2カ月、今頃は光が見えるはずだった。しかしこの有様である。妻は胸水に苦しんでいる。先生は「たまれば抜けばいい」と言っていた。そんなもんじゃない。苦しいのである。体力が持たないのである。もう限界になっていた。しかし、こんな状況でも冷静に「結論は明日お電話で」、と妻らしい回答、そう言って石毛クリニックを後にした。

12月28日

決断の日である。石毛クリニックとの決別の日である。

石毛クリニックへ、「終わりにします。お世話になりました。」と電話する。

「この2カ月、いったい何だったんだろう。悪寒、発熱、頭痛、息切れ、動悸……とたたかってきたけど、どんどん悪くなるばかり、こんなにつらいことに耐えてきたのに一つもいいことがなかったね。」と妻。そして、「7日、筑波大病院に行こう」と、抗がん剤、少しでも延命の道を選んだ。

〔付記〕ＡＮＫ治療を中止。

12月30日

食事が終わると、妻は私に言い聞かせるように、自分に言い聞かせるように語った。

「私はいつも現状に甘んじることなく、上を、その上をと追求してきた……。お父さんは今、私のことにすべてを使い果たすのでなく、自分を大事にしてほしい。私がいなくても、子どもたちや孫のために精一杯、細く長く生きてほしい。私は月単位か、年単位か分からないけど、その日その日を精一杯生きていくしかない。宿命かな――、美人薄命と思って、あきらめて。……」

12月31日
娘たち家族が来宅。免疫治療の経緯を話す。医療研究に携わっている娘婿には「今の段階では偶然でしか効かない」と断言される。

2014年

1月1日
２０１４年が明けた。今年は正月ができないかと思っていたが、恭子たち家族のお陰で正月を迎える。
妻の小学校担任、大内先生の年賀状を見ながら、「先生との思い出はいっぱいあるの。先生はいつもスポンジのついた上履きをはいていた。それを年寄りばあちゃんに話したら、それと同じ上履きを買ってくれてね。親には厳しかったのに孫には甘くてね――。」と語る妻。
「今年の年賀状は書きたくない。今年の年賀状には何の意味も見い出せない」と言いっつ書いている。

1月2日

午前中に裕志たちが来て一家がそろう。内孫の誕生の話が舞い込む。「お父さん、うれしい話、驚かないでね。栄子ちゃんにあかちゃんができたんだって。よかったねー」、涙しながら話している。

妻の大事にしているものを恭子と栄子ちゃんに渡している。なぜか変な感じ。夕食後、ゆっくり話をする。「お父さん、何があっても驚かないこと、私がいてもいなくても栄子ちゃんを大事にすること。近所づきあい、タバコ屋の栄子さんに聞くこと、裕志のお産見舞いはもらわない。……」こんな話までしてくる。「入院したほうが楽に思えて、寝ているのが一番楽」

1月6日

妻の病状が日増しに悪化、力づけても、「何か食べたい」と言っても反応なし、耐えがたい。そんな私を妻は察してか、「私がどうなっても、お父さんには今を超えてもらいたい。私ね、こんな状態になっても、生きようと不思議なほど必死なの。希望が湧いてくるの。まだまだだよ。やりたいことがいっぱいあるんだもん」と言って、私の涙を消そうとして逆に元気づけられてしまう。
「でもね、私もう限界、そんな気持ちになる。時々、ばあちゃん（妻の母親）が出て来てね、『英子！　どうしたかっ！』って聞かれるの。お父さん私ね、まだまだやりたいことがいっぱいあるの。内孫も見たいし、そうそう絵を額に入れたいし、……」と泣きつつ語る。

1月9日
筑波大病院、今日から抗がん剤、ハラヴェン投与、胸水の方には変化なし、どうか効きますように。免疫療法は何だったたか、どれほどの時間と体力とお金を浪費したことか、そんなことがよみがえってくる。帰りはいつものように寿司屋へ。まぐろ三昧、これはよく食べた。

1月12日
明け方、妻が「昨日裕志にね、『リフォームのお金は貸してあげるね』と言っといたよ」と語る。
夕食時は、私の両親の介護の話。「じいちゃんのおむつ替えた時ね、『これができるのは英子しかいないな』と言われちゃった。でもうれしかった。じいちゃんは、私のことよく面倒見てくれたね――。ばーちゃんのデイーサービスの時、身体の状況を事細かにメモして介護士さんに渡してたら、介護士さんに『助かるわ――』って褒められた。介護するのが一番だね。されるよりずっといい」と妻。妻は嫁として本当に両親を面倒見てくれた。

1月15日
妻が「全部食べたよ――」と茶碗を見せる。まるで子どものように茶目っ気だ。結婚当初からあった茶目っ気である。気力か体力かどちらがついてきたのか分からないが、抗がん剤が効いてきているのかもしれない。と同時に、口内炎の副作用が出てきた。今度はこれとのたたかいになるのか。

1月17日
今日から学校訪問。妻は私の仕事に合わせるように元気になる。帰宅すると夕食が準備されている。12月18日以前に戻ったよう。
夕食しながら、「久しぶりにすっきりしたので、車を運転して柿岡へ用足し。行ったのはいいけど、カスミで買い物してたら井田さんに会って、銅山堂行ったら石本さんに

会って、疲れちゃって、ここでやめて帰って来ちゃった。もう一軒あったんだけど」と妻。(これが最後の車の運転になる)

1月18日
昨夜、寝床で、「地獄の底は脱したかなー」と言いながら、歌を歌っている。妻は歌が大好き、よく歌っていた。本当に久しぶりの響き、私の心も和んでくる。「柿の剪定やりたいなー」「イチジクの剪定やりたいなー」と独り言を言っている。
「身体が動かなくなっても、お父さんの食事だけは作りたいなー」と妻。

1月19日
昨日はあんなに元気だったのに今日は一変。副作用の口内炎で熱いものも冷たいものも食べられない。食事どころではない。「呼吸が違うの、お父さん、もうがんばれないかもしれない」、これまでにない弱り方である。どうしたら食べてもらえるか考える。ジャガイモをミキサーでペースト状に、「お父さん、食べられたよ」、流しに向かっていた私の目には涙があふれていた。妻の肩に手をやったら小さくなっている。顔も小さくなっているように見える。

1月22日
朝食時、妻が語り出した。

「お父さん、私たちは親にいっさいもらってないのが誇り。子どもの学費も何もかも。親にあげることはあっても、それでいて、お金もためた。その後いっぱい使ってしまったけどね。」

「ばあちゃん（妻の母）は強い人だった。我慢強い、60歳で直腸がんをやって、30年も生きた、がんばったよねー」

「うちの子は、大学在学中、お金が足りないと言ったことないものね。これも誇り。もっとあげればよかった。」

「明日は買い物に行きたいなー。自分にご褒美あげたいの。このセーターは柿岡小学校にいた頃買ったの。お父さんは何がいい？」

明日行けることを願う。

1月23日
底を抜け出す。「お父さん、見てー、日の出すてきよ、希望の光だね」
この2日間、おかゆだが食事ができるようになる。私の気持ちも半分楽になる、と思ったのもつかの間、体調不良。あんなに待ち遠しかった買い物が中止に。

1月25日

昨晩、11時半頃だろうか、「苦しくて」とベッドを起き上がっている。明け方4時には、「寝てるのがつらくて」と、こたつに入り横たわっている。「胸に水がたまってるみたい」と。「ちょっと歩いただけで呼吸が苦しくなるの」

私の介護にいつも申し訳なさそう。「お母さん、今までいろんな人を面倒見てきたんだから、看てもらってもいいいんだよ」

朝起きて、「母さん、病院へ行こうか」。今日は、茨城・学びの会の冬のセミナー、私にとっては行かねばならない、それを察してか、「大丈夫」と。

1月28日

ちょっと歩いただけで、はあはあ、苦しくなる。これまでで最悪。今日は診察日。病院に到着、「もう限界、車椅子にして」と。ついにここまできたかと思う。診察の結果、左肺が真っ白。胸水がいっぱいたまっている。即入院を告げられる。

〔付記〕筑波大病院へ入院。

1月29日

妻は入院。一人の朝だ。いつもの時間に起きられない。風邪気味だ。気が緩んだのだろうか。

11時、病院へ。「久しぶりに、痛みも呼吸困難も不安もなく眠れた」と妻。柔和な表情をしている。この表情が妻の本来の姿だ。これまでがおかしかったのだ。昨日がどん底の日でありますように。これ以上妻を苦しめないで、と祈る。

1月30日

入院3日目。私は学校訪問のため夕方6時30分、病院へ。穏やかな表情だ。この3カ月、妻のつらさに付き合ってきた、正に一心同体だった。それから解放されている。しかし私の体調がだめだ。気が抜けたのか。

1月31日

昨晩妻の夢を見る。「ただいま」と笑顔で帰宅する妻の顔がくっきりと浮かんだ。

行政懇談会。代表質問をする。公民館建設の件、通学道路の件で。

夕方、病院へ。イチゴ、喜んでくれる。

帰宅後、妻は熱が出た。

2月17日

11時、病院へ。カネキの寿司を届ける。喜んでくれる。車椅子でラウンジに行く。横顔を見ると、やせたなーとしみじみと見る。

夕方、「ドレーンがぬけるよ。退院は明日以降ならいつでもいいそうです」とメール。うれしいのと家での生活は大変だろうなと二つ思いが交錯する。

2月18日

ドレーンを抜く。「やっと解放された」と妻。しかし、右肺にも胸水がたまりつつある。上部は治療で安定し、下部はまだだ。退院を土曜日に決めたが、これからもこの治療は続く。酸素吸入器のことで業者から説明を受ける。ニトリに行き妻の家での療養のためのベッドを注文。

2月21日

病室に入ると、妻がベッドの上ではあはあしている。入院以前よりひどい状況だ。酸素を付けてもよくなっているとは思えない。明日退院だというのにこの状況、緊急入院のことが頭に浮かんでくる。明日から家でどんな療養生活になるのか不安でいっぱい。

「母さんが入院中に改めて気づいたことを伝えたい。母さんがいるからこそ、これまで沢山の仕事が、いい仕事ができたんだと。おやすみ。」とメール。

2月22日

朝、母さんからメール。「お父さんいろいろありがとう。心から感謝します。お父さんのそばに長くいられるようがんばります」。ここまで読んで、涙が止まらず。「長生きしようね。もっともっと楽しまなくちゃ。母さんに寄り添うことは一つも苦しみじゃないから。この1カ月余で改めて気づいたこと、それは、母さんがこれまでいい仕事を沢山したなあということ」と返信する。この時、そうだ！　退院祝いだ、赤飯が脳裏に浮かぶ。

12時退院。妻、涙して「ありがとう」と。1時帰宅。業者が酸素供給器を取り付けてくれる。2時、昼食、赤飯で退院を祝う。妻は嬉々としている。化粧もする。食もよし。昨日、右側のドレーンを抜き今日は見違えるよう。二人の会話も弾む。こうして何か思い出しては語るのが何ともいい。これがこれまでの日常だったんだなとかみしめる。療養ベッドの脇に布団を敷いて布団に入る。妻は「お父さん、67歳に私は生まれ変わるよ」と言って眠りにつく。

〔付記〕退院。

2月23日

妻は恭子と一心同体。確か高校生まではいつも一緒に風呂に入っていたし、歌も歌っていた。子育て中の今はゆっくり話すらしていない。こんな状況だからこそと、二人になってしみじみと語り合ってほしいと願って、恭子に一人で来宅させた。さてどうであったか。娘なんだもの娘に愚痴の一つくらいこぼしてほしかった。それがなかったと言う。どんな話をしていいか困った、と娘は言う。ちょっぴり期待外れ、残念。「元気に話せてよかった」と妻は言う。しかし、夜は38度まで熱を出す始末。

2月24日

今日は中学校訪問。妻は「心配しないで行って来て、死ぬことはないから」と見送ってくれる。帰宅するなり、今日一日のことを堰を切ったように話してくれる。まずはベッドの脇で、うんうん、少したって、米をとぎながら、うんうんと聞く。熱も37度ちょっとに、「今日は薬を飲まないですんだよ」と妻。でも口内炎がひどくなってきている。

2月26日

あったかい一日、庭の草がずいぶん伸びてきた。冬の草はしっかりと根を張っている。去年までは母さんがしっかりと取ってくれていた。

妻はカタログを見ながら夏野菜を注文するかどうか考えているようだ。

3月1日

3月が始まる。私は3月、4月が一年で一番ゆとりのある月。母さんの介護を精一杯しよう。

「家にいるのが楽しくなったよ」と妻。お茶を入れてくれる。夕食は妻が作ってくれる。

「味付けは私がするから」と。久しぶりに妻の味、牛丼である。

3月6日

筑波大病院へ。レントゲンの結果胸水は止まっているようだ。とするとこの体調不良はどこから来るのか、それも心配になる。帰りにはいつもの寿司、2つしか食べず。

「体が固まってしまっている」と妻。早く寝させる。

3月7日

「早く元気になりたい。生活の質を高めたい。やりたいことがいっぱいあるのに」と涙ぐんでいる。体、手、足をもんであげる。

「お父さんありがとう。今までいっぱいしてくれて」

「そんなことないよ。俺の方がいっぱいしてもらっているよ」

「もういっぱいやってくれて、帳消しになっている」

「母さんにはまだまだ借りがある。がんばれよ。」

「がんばる、でもね、もういいと思ったことが何度もあったの。お父さんがいるからがんばれたの」

夕方散歩から帰ると夕食の準備がしてある。

3月10日
「私が元気ないとお父さんも元気でないよね。一心同体だもの。」

ママの作った誕生日ケーキの前でにこやかな表情の孫たちの写真がメールで届く。「亜衣ちゃん、６歳の誕生日か、まもなく小学生だね。」

食欲が出たかと思うと、今度は口内炎とのたたかい。口内炎の薬を貼るが効きめなし。

「呼吸で苦しいのと比べたら、口内炎なんかへっちゃらだい」と妻。

3月14日

亜衣の卒園式。妻は行ける状況でない。一人で出席。卒園証書をもらいに行く亜衣の背筋を伸ばし凛とした歩き方、返事。涙を目に浮かべている感受性をほれぼれしく見入る。この子のこうした成長は亜衣ちゃんの家庭と幼稚園の環境のたまものだと感慨を抱きつつ。式が終わると、恭子の作ったちらし寿司をいただいて早速家路に。撮ったビデオを妻に見せる。涙して喜んでいる。「亜衣ちゃん成長したねー」「恭子、忙しいのによく作ったねー」と、感慨深げにちらし寿司をいただく。思い起こせば、母さんも、何か子どもの行事の時は、4時には起きて作っていた。同じようにしている恭子の姿が自分と重なってうれしかったんだろう。どんなにか行きたかったろうに。

3月15日

「美味いね、美味しいね、これも、これも、これも。」恭子たちからのちらし寿司、裕志たちからの函館の魚、そしてご近所から春のテンプラが届く。食べる喜びを久しぶりに味わえた今日一日である。

3月17日

今朝元気なし、息をハアハアさせている。「昨夜は苦しくて、身の置き所がなくて、

3時間くらいしか眠れなかった」と妻。11時、これはいけない、筑波大病院へ電話。すぐ来なさいと。右肺に1ℓの胸水が隙間なくたまっている。坂東先生、「入院して治療しましょう」

即入院である。

〔付記〕筑波大病院再入院。

3月19日

入院2日目、12時病院着。昨晩は3日ぶりに眠れなかったとのこと。

妻にメールを送る。

「春になったなー。暖房を付けなくてもすむ。そういう季節になった。一緒に動きたいねー。でもまだ寒いかな。もう少したったらいい季節が来る。そうしたら一緒に歩こう」

返信

「ありがとう。お墓にお花あげてね。お墓には水仙、ユキヤナギ等を加えて豪華に。ああ、花束作ってやりたいよ。彼岸に入ったらすぐに行くんだよ。お休みなさい」

3月20日

病院へ。こころもち昨日より元気。胸水、合計3ℓも抜けたとのこと。これじゃ体力がなくなるのは当然だ。トイレに行こうと立ち上がるまで5分、そこからすぐ近くのトイレに行くまでに5分もかかる。

3月21日

彼岸の中日。一人で墓参り。そして病院へ。

「こんなこと他人に言えないけど……、免疫治療はいったい何だったんだろうね」と妻。

「すまなかったねー」

「そうじゃないの」

妻は今、どんな思いで生きているのであろうか。後悔、不安、恐怖、もどかしさ、あきらめ、希望、私のこと、家族のこと、そういうものが交錯しながら生きているのかなー。もしも自分が妻の立場にいたらもうとっくに諦めていたかもしれない。

夜メールが、「お父さん、いろいろありがとう。ずっとそばにいたい！」

3月22日

病院に着くと、「だるいの」と第一声。でも今日はよくしゃべった。妻の両親のこと、特にじいちゃん（妻の父親）のことでは、いいとこ悪いこと、語り続ける。

「私、よくがんばっていると思う。これで死ぬのは一番ラク、生きるのが一番苦しい」

「母さんは強い意志力があるからな」

「そうじゃないよ、お父さんのお陰、家族のお陰」

このことを裕志夫妻にも話す。

3月24日
今日はいい顔をしている。ウナギを食べたいと言うので買って行く。洋子さんが作ってくれたまぜご飯を少し食べる。くぎ煮がおいしいという。ここのところずっと食べてないようだ。先生から、「外から運んでもいいから食べたいもの、食べられるものを食べな」と言われているとのこと。
再入院してから7日目、毎日通う。母さんが喜んでくれるから、ほめられるから、感謝されるから、それだからではないけど通い続けている。一度も躊躇したことがない。前だってそうだ。後悔しないように精一杯、妻を支えていく。

3月28日

「何かすっきりしないの。」胃の不調を訴える。でも買って行ったかつ丼を一緒に食べる。

3分咲きの桜の花と家の水仙の写真を持って行く。とてもうれしそうに懐かしそうに見ている。

夕方メールで、「ドレーンが取れた。いつ退院してもいいって」

3月29日

食べられない日が続く。でも何とか食べようとしている。今日は何とか食べてもらおうと思って、お昼は、佐谷の豆腐、ブレッドのパン、そしていなり寿司を持参する。大喜びだが、ちょっと口を付けただけだ。

昨日から今日までのことを語り続ける。ドレーンを抜いたのはいいが穴から水が漏れてくる。退院どころではない。抜いたことを担当の先生が知らないとか、おかしいよねー。

そして昨日、裕志夫妻が来てくれた話に移る。裕志の優しさにふれること、栄子ちゃんとの絆を感じること、そこにはなんとも言えない幸福感があると言う。

3月30日

昼食の時間には少し遅く病室に到着。私が来るのを待ちわびていた。病院の昼食にじっと向き合っていた。食が進まないようだ。

「今日は何も食べていない。朝、着衣を整理していたら立てなくなってしまって、左脇腹が痛むの。それに先生2人にもう何もすることがないからと退院を迫られた。今のうちに家に行かないと、次に入院した時には家に帰れなくなってしまうよと言われた。私としては、昨日お父さんと相談したように、次の抗がん剤をやるまではいたいの」と悔しそうに話す。

こんな話から始まり、12時半から4時過ぎまで妻はとにかくよくしゃべった。思い出すだけでも大変だがいくつかを書き留めておいた。

「昨晩は、○○先生と1時間も教育談をしてしまった。医者と教師の共通点を。私の病歴の話もした。よく聴いてくれてね。その時々のお医者さんとの出会いも話した。こんなお医者さんになってね、と願いを込めながらね」

「美来（姪）1番だって、喜久江ちゃんに言ったんだ、遠くへ出さない方がいい、筑波大にしなってね。知子がね、英子叔母さんは命の恩人だって、そう思ってるようだよ、うれしいね」

「義母（夫の母親）と本当に心の絆が結ばれたのは義母が病院に入ってから、遅かった。だから、栄子ちゃんにはそうならないようにしたいの」

「お父さんにプレゼントがあるんだ。寝巻、喜久江（実弟の嫁）ちゃんが買って来てくれたんだ。２着、いつも清潔でないとね」
「恭子も裕志もちゃんと育ってくれてよかったねー。いろいろあったけど、今のところはすべてよしだね」
「この写真（亜衣ちゃんの卒園式）、いいよねー、亜衣ちゃんの感性が伝わってくる。海成もよく育っているし、今度は内孫だね。どんな子が生まれてくるかなー。それまで生きられるかな」
「毎朝起きて午前中はずっと気分が悪い。お父さんが来てよくなる」……

妻が話したことはもっともっとあった。いろんなことを次々と夢中になって語った。これが最後だと言わんばかりに。間違いなく命の時間が少なくなっている。帰路は茫然としていた。後悔しないように妻に丁寧に寄り添っていきたい。

夜、メールが来た。「たこ焼き食べたいね。思い出したよ。おやすみなさい」。丁度１年前の今日、二人の孫と私たちで柏原公園で桜見、その時のたこ焼きをやっと思い出したようである。

3月31日

4時半、目が覚め眠れず。妻の痛み、苦しみのことが目に浮かんでくる。

8時、「おはようさん。痛みはどう？　朝ドラ見た？、今日はたこ焼き買って行くよ。いつもの時間に行きます。」とメール。すぐに返信がある。「ありがとう。楽しみにしてます。」

11時、セイブまで行ってたこ焼きを買って病院へ。しかし、ちょっと口にしただけ、脇腹の痛みで食べるどころではない。

「お父さん、トイレットペーパー、小さく切ってポリ袋につめてくれる」と妻。何のことかと思ったら、し尿瓶の代わりである。これは、妻が母の看病の時に取得した技のようである。「ばあちゃんの時もこうしてあげたの」と自慢そうに話す。昨日、看護師さんが、「岩本さん、おしっこ全然出てないんだよね。どうしてるのかしら」とたずねられたが、答えはここにあったのだ。ここまで自分でやるとは、驚きである。これまで人様のことをいっぱい面倒見てきたんだから、自分も面倒見てもらっていいんだよ、と言いたいところである。

4月1日
朝メールを、「母さん、おはようさん。4月1日新年度です。緊張感と期待や希望をもって出勤したことが脳裏をよぎります。リセットしようなんて言ったら重荷になるだろうけど今日も一日よろしくね。いつもの時間に行きます」

珍しく返信がない。もしや、と思いを急ぎ病院へ。「痛みと呼吸困難、こんなにつらいことはこれまでにない。先生が来てくれない、先生早く来て」、と妻。体中をさする。先生に別室に呼ばれ、「命の限り」を告げられる。体力、免疫力が低下している。感染症が起きるということも考えられる。1週間、10日ということもあると。痛みの緩和にモルヒネを勧められる。「退院」という話もあったのに、もしかしたら家に帰ることすらできないのだろうか。

点滴が入り、痛み止めのモルヒネである、効き目が出て穏やかになる。

「母さん、いい?、薬で元気にさせてもらうんだけど、自分の力で元気になるんだよ、いいね」。妻は、素直に「分かった」と言う。

4月2日
昨晩は、2時半に目が覚め、その後眠れず。今朝は胃、腹の調子が悪く食べられない。7時8分、妻からメールが来る。「くださいバスタオルパンツ早めに来て」（原文のまま）
続けて、7時9分、「毎日ありがとう 🍒 今日は」（原文のまま、これが最後のメールになる）

気になって早めに病院に向かう。点滴のお蔭で痛みはずいぶん和らぐが、呼吸困難は変わらず、一つの動作をするにも息をハアハア、回復までに時間がかかる。

裕志夫妻が来てくれたが、目をつぶっている。薬が効いているせいか、今日一日ずっとそうだった。しかし、帰り際のことだ。栄子が妻の手をお腹の赤ちゃんにあて母さんに語っている。妻はうれしくてそれに応えるかのように、渾身の力を振り絞って身をあげて栄子のお腹に両手で抱き着いた。「いい赤ちゃんが生まれてきますように」、「裕志をよろしくね」とでも言ったのだろうか。。彼らが部屋を後にすると、「いい子だねー、涙流してたよ」と妻。

少したつと妻はまた、目をつぶった。口をきりっと結び、時には口を開き、ハアハアしている。まるで最後の時間を送っているように思えた。

「今晩は泊まろうか」と言うと、「ダメ、お父さん、疲れるから、大丈夫だから」と。

（これは後の祭りだが、この日なぜ一緒に泊まらなかったのか悔やまれる）

4月3日

明け方3時半、「妻がもしかすると」という思いが脳裏に浮かんで目を覚ます。ふとんは十分あったかいのに寒さを感じる。体がだるい、食欲がない。昨晩は、もしかの時にと退職校長会総会と区長会役員会のレジメづくりを、やらないで寝ればよかったのにと後悔が先立つ。これまでにこんな朝はなかった。

妻からのメールはない。何か胸騒ぎがして、いつもより早めに病院へ向かうが体調が悪く、焦ってしまってどうしていいか分からない自分を感じる。途中車を止めて裕志に電話をする。「おとうさん、疲れちゃった。……裕志、来てくれる」と初めて弱音を吐く。涙声になっている。

8時半、病室に到着。妻は、「お父さん、このままでは分からなくなりそう！　どうしたらいいの」と訴える。呼吸困難、そして痛みも変わらず。モルヒネの度数は上がっている、そうもしないと痛みが持ちこたえられないからだ。同時に意識が薄れていく。そんな状況での訴えである。どうしようもない。何が何だか分からなくなる。

10時には恭子や孫たちが来る。それを待ちながら、生き絶え絶えに、精一杯の声で「お父さん、がんの奥さんでごめんね」と妻。

「ううん、そんなことないよ」

その後の言葉は出ない。このまま逝ってしまってはと思い、必死に言葉を探した。

「母さん、恭子も裕志もよく育ったよね」、妻はうんと強く首を縦に振る。

「母さんは、我が家の総務部長だよ。家族の中心になってほんとによくやってくれた」、首を横に振っている。

「沢山の人を育てたね」、首を横に振る。「その中で一番育てたのは父さんだよね」、首を横に大きく振った。

「母さんよくがんばったね。」妻は大きく縦に首を振った。

11時、仁美さん夫婦が来る。すると、喜久江ちゃんにやっとの力を出して起き上がって抱き着くではないか。喜久江ちゃんの頭をまるで幼子をかわいがるようになでている。

「弟の仁美をよろしくね」と言っているように見えた。

13時、恭子たちも来た。恭子には母さんとの時間をつくってあげたいと思った。そうしたものの、痛みの訴え続けでそれどころではなかったようだ。妻はこう言ったと言う。

「早く横浜に帰りな。亜衣ちゃんの入学式があるでしょ」と。

15時、裕志夫妻も来た。栄子は、お腹の赤ちゃんの写真を見せてあげようとして目をそっと開けて見せてあげる。「きっと見えたよ」と裕志と栄子。

16時、個室に移動。薬が効いてきて眠っている、穏やかに。

19時　坂東先生から説明、「状況によっては今晩にも……」

20時　富田さんが来てくれる。富田さんが妻のすばらしさを耳元で伝えている。沢山の真珠のような言葉、きっと届いたに違いない。

21時　看護師さんが来て、「奥様のこと一言で言うと、どんな人ですか」と聞かれる。

「寄り添いの名人」と答えると、「奥さんに向かっていっぱい語りかけて、手を握って」と看護師さん。看護師さんはもっともっとと促す。「最大の同志」、「私の心の居場所」……。これが私の最後の贈る言葉になった。「聞こえていますよ」と看護師さん。
22時31分　静かに、手を握りながら眠るように息を引き取った。今朝の胸騒ぎが本当になってしまった。結婚41年、濃密な二人の人生だった。

第三章

「お父さんは、一人で生きられるよね」に支えられて

——喪失感からの回復と再生——

悲しみのどん底に――葬儀・告別式の日

ダビにふされ目の前に現れた妻の姿を見て、私は茫然自失の状態だった。骨壺に収納され皆が動き出した時、どうしようもない悲しみが込み上げてきて、これまで押さえていた涙が一気に出てきた。とめどなく涙が流れ鼻汁が落ちる。これが悲しみの涙と言うのだろうか鼻汁が止まらない。よろめいていたのだろうか、気が付いたら恭子がそして裕志が体を支えてくれていた。その後の告別式では、涙が涸れ果ててしまったのだろう、涙は出てこなかった。何の表情もなく喪主の役目を淡々と果たしていた。

妻の闘病日記を発見

葬式がすんで2、3日後、妻の遺品を整理していたところ数冊の日記張を発見した。早速日記をめくっていくと、驚いたことに日記の最初のページには「お父さんへ」、死への覚悟と私へのお詫びの手紙が書かれている。もっと驚いたことには、「とうとうこんなことをまとめねばならない時が来た」と言葉を添えて、「英子の終末医療」、「英子の葬儀」について書かれてある。加えて、これから生まれる内孫のお祝いなどについても書いてあった。ああ！　なぜもっと早くこの書き置きを見なかったのか、「英子の終末医療」、「英子の葬儀」はすでに終わっている。これを見ていればもっと妻の苦しみを和らげることができたはずだ。遅かった。

「母さん、ごめんよー」と詫びた。

懺悔

妻の日記は一年前の5月17日から始まっている。十一月までは抗がん剤をやり、覚悟しながらも妻には希望があった。ところが、生きる希望のはずだったANK免疫治療が始まると同時に正に闘病、苦しみの連続、どんどん悪化していく。それは絶望、あきらめ、死への覚悟へとつながっていった。ANK免疫治療中の闘病生活が事細かに記された十一月から十二月の日記を読んでいると、なぜ取り返しのつかないことをしてしまったのかと後悔の念でいっぱいになり、その先が読めなくなった。

翌年一月からの日記には、死への覚悟を抱きつつも懸命に生きてる姿が目に浮かんでくる。「つらすぎる、……」と6回も、しかも左手でぐちゃぐちゃな字で書いている。書くことによってこのつらさを乗りこえていこうとする様子が垣間見える。痛ましくて、怖くてもうこれ以上読めない。亡くなる直前の2、3日間も壮絶な痛みとのたたかいだった。

妻は民生委員の時、縁があって近くに身寄りのない一人暮らしのメイさんという方の面倒をまるで家族のようにみていた。そのメイさんの最期は実に見事だったと妻は語っていた。「痛みが出て呼吸が苦しくなったらモルヒネを」と担当医にお願いしていたという。彼女は苦しまず天命を全うした。「自分もそうありたい」と言っていた。なのに、私はできなかった。別れを告げることもできなかった。中途半端な終末医療、せめて生活の質の高い最期をさせてやりたかった。

妻はこう記している。

・英子の終末医療
・英子の葬儀
・裕志の子ども誕生の時

※詳細は第一章96ページ

風のように逝ってしまった

妻は退職して2007年に義母を見送り、2009年に実父を見送り、2010年には実母を見送り、そして自分の身をいたわりつつ2014年、生を尽くし風のように逝ってしまった。

寂しさと喪失感——もう生きていたいとは思わない

妻を失い、寂しさと喪失感、そして後悔の念が続いた。何をやっても張りがない。私は一体何のために生きてきたのか、何のために生きたらいいのか、もう生きている意味がなくなってしまった。できればこのまま私も逝ってしまいたいと思った。まるで夢遊病者のよう、車を運転していても信号無視はするし、いつのまにか目的を失って別方向に行ってしまったりもした。事故を起こしては、と急いでラジオをかけたりもした。朝日トンネルをぬけて、家の方に向かって坂を下ってる途上のことだ。「このまま反対車線に行けば楽になるだろうな」と脳裏に浮かんだこともあった。役所で受け取った戸籍謄本には、岩本英子にバツがついていて「除籍」とあった。この当たり前のことを受け入れることさえできなかった。

この悲しみを一生背負っていかねばならないのだろうか、そう思うとつらくてつらくて……。

相槌を打つ声のなきこの家に気難しくも老いてゆくのか　永田和宏

息子、娘夫婦たちに支えられて

告別式後、土浦で暮らしている息子は1週間毎日泊まってくれた。朝食も用意をしてくれたし、夕食には嫁が作ってくれたというおかずをよく運んでくれた。時には、「お父さん、今日はどこかへ食べに行かない?」と誘ってくれた。初七日まで毎日団子を作ってあげてくれた。「お父さん、お母さんに竹の子のごはんあげといたよ」と言って出勤する息子に涙が出た。母さんは竹の子のご飯が大好きだった。

娘からもちょくちょく電話がかかってきた。「みんな裕志がやってくれてね」と声が詰まる、娘から「頼り切れば」と激励が返ってくる。1週間が過ぎ、息子の「泊まり」は徐々に2日おきとか3日おきに、そして私独りの生活になってきた。いよいよ自立しなければならない時が来た。

ふた七日の夜、裕志から「夕飯、大丈夫？　団子、作れた？」とメール。この日、私は初めてお供えの団子を作った。「むらのないように、やさしくねってね」と妻の声が聞こえてくるようだった。団子づくりはご近所さんが教えてくれた。

娘、息子夫婦たちのメールに励まされて

・初めての登校。亜衣ちゃん元気に学校へ行きました。

・まだお母さんがいるような気がして、さっき亜衣の写真をお母さんに送りそうになりました。悲しくて寂しい気持ちも子どもたちに救われています。裕志に任せて、まずはお父さんゆっくり休んでね。また週末行きます。

・亜衣は今朝は週明けだったためか、少し泣きべそかきながら学校へ行きました。今日はこれから授業参観と懇談会です。幼稚園と違って親が先生と顔を合わせないから、連絡帳が大事なんだね。先週給食のことを書いてみたよ。週末にまたね。

・仕事が終わりました。いつも帰る時、お母さんが仕事終わって帰って来る時のことを想像します。大変だったろうなーと。お父さん体調は大丈夫？　無理しないでゆっくり休んでね。

・おはよう。今日は本当の四十九日だね。早いね。まだお母さんがいないの信じられないけど、子どもたちのことを相談できないのが寂しいね。これからはお父さんに相談するね。今朝は亜衣が放課後の学童がいやだと泣いていて大変でした。これから仕事です。またね。

・これから帰ります。19時は過ぎちゃうね。
・夕飯大丈夫？　残り物で食べてください。
・おはよう。お団子つくれた？
・今晩、外で食べない？　鮪一とか。
・週末いられなくてごめんねー。
・帰るの19時前後になります。
・今晩は学園線のかねきでOK？　時間は何時でもいいよ。
・明日ゆりの郷行く？
・今日やさとに行きます。

・明日食べるもの何か買って行こうか。ご飯は食べてんの？
・ご飯は美味しいもの探すつもりでいろいろ食べてみたら？
・食材とか、何か必要なものあったら教えて？
・今週は仕事とが忙しくなってきたから平日は帰れないや。土曜か日曜に行くね。
・こんにちは。昨日から暑いですね。体調崩されたとのこと。無理はしすぎないでくださいね。私ができることは少ないですが、何かあれば何でも言ってくださいね。お大事になさってください。
・おはようございます。私たちも気持ちは一緒です。ああしてあげればよかったと後悔ばかりです。気づきの心、お姉さんに近づきたいです。一人食事は味気ないですが、きちんと食べて健康維持に心がけてください。
・お兄さんの心にはお姉さんが生きていますし、寄り添っていますよ。無理をさせてしまって申し訳なく悲しんでいるかもしれません。体には気を付けてください。

食べることは生きること

ビニール袋から取り出し、電子レンジで「チン」が何日続いたろうか。この食事が虚しくて仕方がなく涙が浮かんだ。そうだ自分で作らなきゃ。まずはみそ汁を作ろう。そうしたら虚しさが消えていった。料理は「創造」だと思った。積極的に生きねばならないんだと気づかされた。まずは食べることからだ。

一般的に男性と女性では女性の方が自立心が旺盛のように見える。なぜだろう。女性は小さいころからままごとが好きだ。母親の食事の手伝いもする。小さいころから自分で食べ物を作る、そういう生き物だ。男はどうだろう。私などは妻に全面的に依存していた。食べることは生きることそのものだ。だから女性の方が生きる力があるのか、なんて自問自答した。

実は妻に支えてもらっていたのだ

どうしてこんなに弱々しくなってしまったのか。何をやっても張りがない。喪失感と焦燥感の中にいる。こんな自分があっただろうか。これまで、夢中になって妻を支えてきた。支えてきたつもりであった。しかし、実は支えてもらっていたことに気が付いた。

結婚して42年間、本当によく支え合ってきた。妻はよくほめてくれた。一緒に喜んでくれた。私にとって妻は、かけがえのない親友でもあり同志でもあった。何でも語り合い、学び合い育ち合ってきた。少しはいい仕事ができたのも頑張れたのも妻のお陰である。

母さんの口ぐせは、「ありがとう、サンキュウ」、この言葉にどんなに励まされたことか。「ご苦労さん」「お疲れさん」、この言葉も多かった。

俵万智の『「寒いね」と話しかければ「寒いね」と答える人のいるあたたかさ』、この句そのものの存在であった。退職後、食事にはいつも1時間はかけた。そして何でも語り合い報告し合った。「焦らない、慌てない、無理をしない、ゆっくり生きて、ね」、この言葉も口ぐせであった。

友の励まし

友人から、「やっちゃんいつまでもくよくよしていてはだめだよ」という電話があった。私を励ますための有り難い言葉であることは分かっていたが、受け入れられなかった。自分にしか分からない悲しみだと居直った。知人に会うのが嫌だった。情けをかけられると、感情が出てきて、涙も出てきて、その疲労感におそわれるのだ。だから極力、人を避けていた。

英子の友人から電話がかかってきた。彼女は決して励まさなかった。「悲しいのは旦那さんだけじゃないのよ。お子さんだって、私だって悲しいのよ。夜ベッドに入ると英子先生が目に浮かんできて、眠れないの」と言われた。これには参った。悲劇の主人公のように思っていた私は、頭を殴られた思いだった。そうか、裕志も恭子もどんなに悲しんでいるか、そういうことを考えなかった自分を恥じた。

悲しいのは自分だけじゃない、そういうことを言い聞かせた。できるだけマイナス部分を思い出さないように努めた。

「おつらいでしょうが、一人で背負わないでくださいね。英子さんはみんなの心の中に生きてますよ」、うれしい言葉であった。

ご近所さんの気遣い

妻はこの地に嫁いで40年、ご近所さんとも親しくお付き合いをさせてもらっている。お線香をあげに来てくれては、昔の話をしてくれる。

「やっちゃんのつらさまではいかないにしても、私は話す人がいなくなっちゃってつらくてね。そういう人が何人もいるんだよ」

「公民館掃除の時ね、英子さんはいつも一番最初にトイレ掃除に向かうの。先生にしては珍しいよね、なんて話してんだよ」

「『ありがとね』『ごめんね』『お願いね』が英子さんの口ぐせだった。『よろしくね』も口ぐせだった。だから私もやらせてもらってんだよ。風のように静かに逝ってしまったね。こんな人いないよ。」

「英子さんがここへ嫁に来て40年、英子さんには嫌な思いをさせられたことは一度もないんだよなー。あんないい人はいないよ。私より若いけど、若い人を尊敬してもいいよね。民生委員にぴったりの人だよ」

ご近所さんの気遣いはまた違う。インゲン豆の苗を持って来てくれたり、月命日のお墓参りを一緒にしてくれたり、本当にありがたい。

三十五日には、得ちゃんが、「あの世への旅立ちの準備だよ」って、あんころ餅ではりつけたわらじを墓前にあげてくれた。忠夫さん、トミちゃん、勝子さん、節ちゃん、栄子さんたちが突然来てくれて供養をしてくれた。有り難さが身に染みる。

水戸に住む姉が直々着てくれた。私の行き届かない所に手を差し伸べ風情のない住まいに潤いを与えてくれた。

保護者が語ってくれる妻の思い出

妻は保護者と仲良しになることがうまい。親との信頼関係は仕事柄かとても大事にしていた。その時々の親御さんがお線香をあげに来てくださり、妻の思い出を語ってくれる。これもありがたい。

「先生は、子どもを分け隔てすることなく、いつも公平でした」

「うちの子はほっぺのほくろをとても気にしていました。ところが家庭訪問するなり、娘に『チャーミングよー』と言ってくれたんです。気にしていたことが一気にほぐれてしまい、その後楽しく学校へ行くようになったんですよ」

「卒業式の日、教室で一人ひとりに、『○○のチャンピオン』と言葉を添えて言ってくれたんです。全員に、先生はすごいなーって改めて思いました」

「PTA活動、先生の時が一番楽しかったねー。だって先生は、『はい、分かりました。やりますからね』と私たちの話をすぐ受け入れ、希望を与えてくれました」

「私は娘のことで、英子先生に感謝しているの。娘が小学校1年生、太っていて引っ込み思案、自信もなく学校に居場所もなかった。その時、英子先生がうちの娘の字を見てほめてくれたんです。『この鉛筆を使うと上手に書けるよ、魔法の鉛筆だから』と。それで自信がついてコンクールで入選しちゃったの」

「1年生の時、章太が先生に教えてもらって自信を持てるようになったのは先生のお陰です。私は人生の先輩として、先生を慕って生きていきたいと思っていました。私ばかりでなくみんなそう思ってましたよ。本当にいい先生でした」

「うちの子は学校教育をばかにしていてね。6年生の時、『俺、中学校へいがねがな』と言ってたんですよ。そんな時、英子先生が担任になった。先生に息子はやるべきことと、やらなくてもいいことを言われてね。宿題はやらなくてもいい、その代わり、ちょっとやそっとでは解けない難問集、私立中学校の入試問題集を渡され、これをやることを言い渡されたんですよ。これがきっかけとなり、それから夢中になって勉強を始めた。英子先生との出会いがなかったら今の彼はなかったねー」

寂しさが突然襲う

夕刻7時。夕食の準備を始める。寂しさが突如として襲ってきた。この寂しさがずっと続くのだろうかなんて考えたら、更に寂しさが強く迫ってきた。取り返しがつかない妻の死。急いでテレビを付けて寂しさを紛らわせていた。そんな時、同じ境遇にあった人の話や書物には励まされる。

垣添忠生著『妻を看取る日——国立がんセンター名誉総長の喪失と再生の記録』を読む

寂しさと喪失感、何かにすがりたい、そんな思いにあった時、この本の存在を知った。私と同じような境遇の人が、その時どう落ち込み、どう克服していったか、それを知りたくてむさぼるように読みふけった。例えば、次のような箇所は、どれだけその時々の気持ちを受け入れ、かつ奮い立たせてくれたことか、私の生きる道しるべを与えてくれた書物であった。

「私たちは結婚して40年、誠に平和で幸福な生活を送ってきた。子どものいない私たちは常に二人で行動し、互いにかけているところを補い合い、人生の困難に立ち向かい、そして人生を楽しんできた。妻はどんな時でも、私が研究者として、また医師として、仕事に打ち込み、責任を全うできるよう支えてくれた」

「妻を癌で失ったときに味わった悲しみと苦しみは、それまで見聞してきたこととは比べ物にならないほど強く耐えがたいものでした」

「出勤するとき、玄関で妻の靴がチラッと目に入ると涙が噴出してくる。衣類を片付けていて、妻の好きだったブラウスやスカーフがヒョイと出てくると、また涙。妻と一緒に何度となく通った道にさしかかると思い出とともに涙があふれて止まらなかった」

「もう生きていても仕方がないな」

「一カ月が過ぎた。我ながらよく生き延びたものだと思う。死ねないから生きている。そんな毎日だった。……しかし3カ月ほどたつと、わずかではあるが回復のきざしが見え始めた。悲しみが癒えたことはない。だが時間とともに和らいではいく。時の流れに身を任せればよいのだ。こう思えるようになったのだ」

以下はその時々に求めた書物である。

『君のいない食卓』　川本三郎著

『家族の歌――河野裕子の死を見つめた344日』　河野裕子　永田和宏　その家族著
『森のうた』　森のうた編集委員会
『あの世の妻へのラブレター』　永六輔著
『金子哲雄の妻の生き方――夫を看取った500日』　金子稚子著
『そうか、もう君はいないのか』　城山三郎著
等々。

ないものねだり

体調が悪かったりすると、寝ていても起きていても妻のことを想う時間が多くなる。想えば想うほど寂しく、わびしくなる。だからと言って考えないようにすることはできない。

妻がいてくれたらなー。そんな思いが続いた。しかし、そう思うのはよそう。ないものねだりしたってしょうがない。希望をもって乗り越えていくしかない。

自分が自分を励ましている

妻の遺影がやっとまともに見られるようになった。一時、目の光が怖くて目を背けたこともあった。このままの自分ではだめだ。自分で自分を激励していくしかない。そん

な時、私は日記に一つの決意を記した。

「めそめそするな。妻がいないのではなく一人なんだ。いないのを寂しく思うのでなく、一人の生活をどうつくるか、そこに軸足を置くのだ。それを妻は見ているんだ」

「一人の生活、この年でよかったのかもしれない。私にはまだ体力はある。再スタートする余力はある」

「妻がいなくなったことばかり考えていたら妻も悲しむだろう。そうではなく、『母さん、しっかり生きてるよ。見ていてくれ』、そんな思いで生きなきゃ」

「人の命は歳月ではない」なんて居直るんだが、やはりもっと生きてほしかった。

過去にしがみつく自分と未来に向かう自分がいる

悲しくて、切なくて、夢遊病者のようになっている自分を感じる。過去にしがみつく自分と、「お父さんは、一人で生きられるよね」と妻に励まされ未来に向かわなければならない自分がいる。「英子のバカ、英子のバカ」と誰もいない道を散歩しながら怒鳴った。

母さんと一緒に行ったところに

母さんと一緒に行ったところへ行ってみようかな。一緒に行ったレストラン、一緒に行った公園、一緒に旅した所、一緒に食べた料理、あの時と同じように食べたり、行動するのだ。

笑うことを忘れていた

横浜から孫たちが来た。来宅するなり、孫たちと遊んだ。久しぶりに大声を出して心底笑った。笑うのを忘れていたことにはっとした。「夕飯何にする?」の娘の問いかけに、迷わず、「刺身とテンプラ」。すかさず出た言葉だ。「お母さんのテンプラは最高だものね、そんなテンプラ作れるかな――。よし、がんばるぞ!」と言う娘。

孫たちとの夕飯は最高、母さんがいたらなー。次の日、孫たちは帰った。同時に虚脱感が襲ってきた。

台所から音が聞こえる

昨日娘たちがやって来た。娘が包丁を使うトントントントンという音が私の寝床に届いてきた。久しぶりに聞く音にじっと耳を傾けた。何とリズミカルでやさしい音なのか、母さんの音だ。

医者へ行く

時々気が狂いそうになる。鬱が来たのかなと心底思うようになる。しかし、検査の結果は異常なし。事情を話すと、掛かりつけの先生は、「安定剤出しておきましょうか」と。処方箋を知り合いの薬剤師にお願いしたところ、それを見てびっくり、「ここまできてるのか」と思ったのかもしれない。

ワープロをやっている途中、小指が思うように動かない、「ついに来たか」と脳神経外科に行く。検査の結果、異状なし。事情を話すと先生はこう言った。「岩本さん、66歳ね。この間、奥さん亡くした83歳の方が来てね、奥さん亡くなってからもう何にもやらなくなってしまったとか、あの人は立ち上がれないね。それに比べて岩本さんは違う。これからいくらでもやれるよ。やり直しがきくよ。」と変な激励をされてしまった。

四十九日、そうだ、この日を「岩本英子を偲ぶ会」にしよう

こんな状況にある時、夜の寝床で「四十九日法要」のことを考えていたら、突然、ひらめきが湧いてきた。四十九日を単なる四十九日とせず、「妻を偲ぶ会」にしてはどうか、そんなひらめきである。その瞬間、心に光が差し込んできたようで、次々とアイデアが生まれてくるではないか。ここでこれまでできなかった妻の供養をたっぷりとしようと思った。

天国からの贈り物が届く

5月2日、のことである。3月5日に「それまで生きていられるかなー」と言いながら、妻が注文した苗が届いた。トマト、メロン、唐辛子、キュウリ等11種類、通信欄には妻の字で「非常に寒い地方なので5月に入ってすぐに発送願います」とあった。注文通り苗が送られてきた。まるで、天国の妻から送られてきたかのようである。

それを知った隣のみっちゃん夫婦が来てくれて植え付け完了。「だって、英子さんから頼まれているんだもん」と言いつつ。有り難いことだ。その後も面倒を見てくださり、トマトもメロンも見事に収穫できた。

再スタートにつながった、「岩本英子を偲ぶ会――四十九日法要」（詳細は第四章）

いい人生を送りたい

精一杯心を込めて取り組んだ「偲ぶ会」は私の心を開放してくれた。これから「いい人生を送りたい」と思った。妻と一緒ならそんなに努力しなくたって「いい日常」は送れるだろう。そうなるためには努力が必要だろう。沢山の出会いを求める、創る、美味しいものを食べる。納得いく食事にする、いい文化に触れる、旅をする。……ちょっと希望が湧いてきた。

「仏壇へのお茶あげ」、「畑仕事」は妻との対話

朝起きて一番先にすることは仏様にお茶をあげること、「おはよう母さん、おはようじいちゃん、おはようばあちゃん」と言ってそれぞれにお茶をあげる。「そうか、母さんはいないんだ」と改めて気づかされる一瞬である。

母さんを思い出す時と言えば、畑や庭の草取り草刈りをする時にも私の前に妻はしばしば出てくる。それは妻との対話の時間である。妻は楽しむように丁寧に草取りをしていた。だから庭も畑もいつもきれいだった。私は草刈り機を使う。一気にやってしまう算段である。すると妻が出て来て、「お父さん、もっとていねいに」「それはヤマユリよ、刈らないで」「そんなに急がないで、疲れるよ、無理しないで、もうここで終わりにして」等と妻の声が聞こえてくるのである。

ターシャのような生き方に憧れて

妻の本棚にあった一冊の本「ターシャの庭」を手に取って何気なく開いてみた。驚いたことに一通の手紙がしたためられていた。

木崎様

この間はすてきなひとときをありがとうございました。ゆっくり時間が流れ至福の時でした。現役の頃、なぜあんなに走ってきたのだろうと自分の半生を反省したりしてしまいました。でもそういう時間があったからこそ、今のよさをわかるのですよね。

この本は、高校の時の親友から贈られたものです。親友も私もターシャのような生き方にあこがれていましたが、今は二人とも生きることが精一杯で……。

この本を引き継ぐのは木崎さんだと思いました。どうぞご笑納ください。すてきな木崎ガーデンがずっと続きますように。また見せていただける日を楽しみにしています。

岩本英子

木崎さんのバラ園見学の帰り道、妻は「人生の友になれそう」と言っていた。母さんはこのような生き方を憧れていたんだと改めて思った。

食べるために生きる

この頃、「生きるために食べる」でなく「食べるために生きる」ことを旨とするようになった。おいしいものを食べる、納得する食事をする。妻と一緒に行ったレストランで食べる。ただ知ってる人がいない所や時間をねらう。

退職以来、ずっと続けている仕事がある。小中学校の校内研修のお手伝いである。5

月はついに行けず、6月になっても県内の学校には行けなかったが、不思議にも郡山市の小中学校へは行くことができた。山形市の小学校へも行けた。帰りには、「ご褒美」にと美味しいものを食べる、これが何とも言えない。ゆっくり時間をかけて。納得のいく仕事の後は最高である。これからは、食べるために生きることを旨としよう。

百カ日命日に思う

百カ日命日に奥さんを介護中の友人から花が届いた。彼の心遣いは格別うれしかった。ここにきてやっと普通になったかなー。悲しみや寂しさは変わらないが、涙は出なくなった。一カ月、二カ月とは格段に違う自分を感じる。一カ月まではとにかく張りつめていた。寂しくて、悲しくて、空しくて笑うのを忘れていた。やはり、「偲ぶ会」は、私の心境に大きな転機をもたらしている。母さんの「お父さんは、一人で生きられるよね」が少しずつできるようになっている。

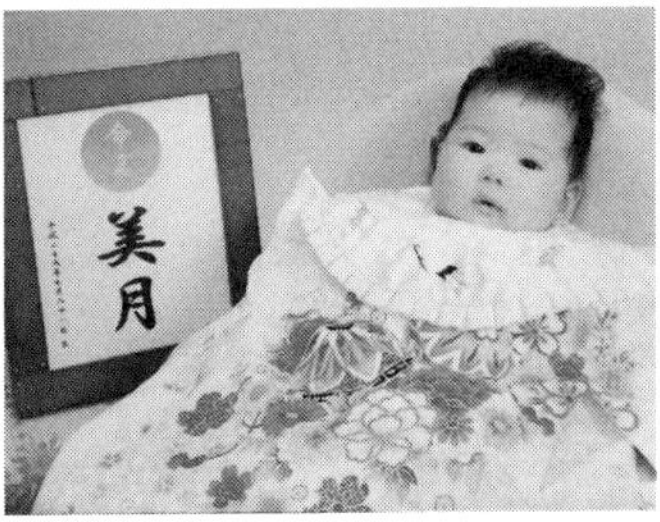

内孫の誕生

7月21日、バンザーイ、内孫が生まれた。この日知らせを待つために一日中家にいた。出産するや否や裕志から「生まれた。女の子、3900g、母子ともに健康、お母さんに伝えて」と電話があった。すぐに仏壇の母さんに報告、「母さん、孫が生まれたよ。よかったねえ、母さんに見てもらいたかったね——。母さんの生まれ変わりだね。そう言えば裕志が生まれた時の体重と同じだね」と。うれしくて涙が出て仕方なかった。「孫たちから好かれるおじいちゃんであってくださいね」と母さんの言葉が聞こえてくるようだった。

内孫の「初客様」にわくわく、そわそわ

この日は初めて孫の美月が我が家に来る。「初客様」だ。わくわく、そわそわしながら迎えた。母さんだったらどんな迎え方をするのか、どんな準備をするのがいいのだろうか、いつも母さんにすべてを任せていた私には分からない。だからと言って誰かに聞く勇気もない。そこで私なりにこんな迎え方をした。

昨日東京で買ってきたケーキに加えて、恭子に炊き方を教わって赤飯も炊いた。お祝いだもの。それに寿司をとって初客様を迎えることにした。母さんが炊くような赤飯はできなかったけど、気持ちだけは伝わっただろうか。ちょっとべとついてはいたが嫁が喜んで食べてくれた。

夕方は、誕生のお祝いをということで万平へ行った。母さんだったら食事中どうしていたか、多分美月を抱き続けるに違いない、そう思って、私は美月を抱き続けた。かわ

baby club

いい、なんてかわいいのだろうか、癒される。孫に好かれるじいちゃんにならねば。

母さんの、孫へのまなざし

母さんの写真を整理していたら、外孫との写真が結構多い。孫への愛情が体中からあふれている。それらを1枚のパネルにまとめた。テーマは「孫へのまなざし」である。畑で亜衣ちゃんを迎える姿には、表情や目ばかりではなく母さんの腰の動きにも愛情があふれ出ている。海成がパパに叱られ行き場をなくしていたとき「海成、大好きだよ」と言いながらギュッと抱いている写真もある。母さんが亡くなった後いつだったか、海成が私のところに来て「じいじ、ギュッと抱いて、ギュッとだよ」と言った時があった。ばあばに抱かれた感触を覚えていたんだろうか。

亜衣にとっては、ばあばはかけがえのない存在だった。母さんが亡くなって1カ月後、海成は2枚の絵を、亜衣は手紙をくれた。

ばあばいつもありがとう。

いつもわたしがきたときは、おべんきょうをして、いろんなことをおしえてくれて、ありがとう！　なまえをかくときに、へたなときがありました。それで、ばぁばに、やりなおしといわれたときは、すこしこわかったけど、じょうずにかくと、ほめられて、うれしかったです。ほんとうにありがとう。

ばあばだいすき！

ふくだあいより

母さんは、学校の子どもたちを育てるのが上手だったけど、孫の育て方も上手だ。パネルに収めた2枚の写真は亜衣ちゃんの手紙の内容そのものだ。たしなめられている場面と「さすが亜衣ちゃん」とほめられ満面の笑みを浮かばせている場面である。海成が書いてくれた絵と亜衣の手紙は仏壇にしっかりと収められている。

孫に救われる

亜衣の授業参観に行ってみないかという娘の誘いで娘たちの住む横浜を訪ねた。タクシーを降りて少し歩くと、家の方から二人の孫が「じいじ」と叫びながら走って来て、私に飛びついて来た。私は二人を抱き上げてぎゅっと抱きしめた。ああ何と幸せなんだろう、改めてそう思った。

妻が亡くなって初めて訪問した娘の家。小学1年、3歳の孫たちがこれまで以上に私の気遣いをしてくれている。「じいじ、一緒にお風呂入ろう、一緒に寝よう……」と。それがいじらしく思えた。

初めて富田塾へ

退職後の母さんの居場所だった富田塾を初めて訪れた。京子先生は私の到着を待ちわびていたかのようにすぐに塾に案内してくれた。学校の教室の半分くらいだろうか、温かく清潔感のある教室だ。京子先生が「英子先生の居場所はここなんです、ここで子どもたちを教えてくれていたんですよ」と。ああ！　ここが妻が愛していた教室なんだ、感無量になった。週に1、2回だったろうかそんなにお手伝いはできなかったようだが、妻にとっては退職後の生きる支えともなっていた教室だ。

私／妻にとって、富田塾は生きがいでした。やっぱり、勉強で子どもに関わることが好きだったんだよねー。「京子ちゃんは大変なの、経営者だから、それに比べ働く身は呑気なものだ」とも言ってましたねえ。

京子先生／英子先生は教えるのが上手でねー。私は待てないでかっかとしていると、脇では英子先生が「そう、そう、そうだよ、そうなんだよ、よくできたねー」と子どもをほめてくれてね、自分も冷静にならないと、と思ったりしました。私の足りないところを補完してくれていたんです。私、どんなに助かったか分かりません。プロなんですよね。英子先生は。

私／京子先生と話すのが楽しみだったようですよ。

京子先生／それでいつも私は英子先生に相談していたの、何でも。

私／英子もずいぶん悩みを聞いてもらったようですね。語り合い、互いに元気づけていたようですね。

4カ月が過ぎて

間もなく4カ月が過ぎる。私の心境もずいぶん変化してきた。1、2カ月は妻のことだけ、悲劇の主人公、生きている意味がなく、死ぬことばかり考えていたが、今はずいぶん自分を客観視できるようになってきた。死んでもかまわないなんて思わなくなった。嫁が孫に向かって、「長生きしてもらわなくちゃねー」なんて言われると、「そうだな、孫のためにも」と思うようにもなった。

妻のことを想いながら、徐々にこれからの人生をいっぱい楽しまなくちゃと思うようになった。その軸を何にするかだが、一つは、海外旅行をしよう、エジプト、トルコ、それから母さんが行きたかったマチュピチュ、そしてアメリカ西部へ。そのためには体力つけなくちゃね、今の体力ではとても行けそうもない。もう一つは、今やっていること、「学びの共同体」の活動だ。これまでずいぶんキャンセルしてしまった。これだけは私のライフワークだ。しっかりやろうと思っている。先日、郡山の小中学校へ行って来た。軸足がしっかりしてきたかなという実感である。あるドラマで、「子どもを失った悲しみは時間が癒してくれるものではない。自分で乗り越えなければいつまでたっても前に進めない」、こんなセリフがあった。妻を失うのも同じ、自分で乗り越えなくては。

夫を失くした妻の手記が新聞記事の欄にあった「姿形は見えなくても、夫は今も一緒にいて、『あの世担当が夫』、『この世担当が私』と役割を分担しているような気がします」、と書かれていた。そう思うことにすると気持ちが楽になる。

「家へ来ないか」、先輩からの誘い

夏の「全国学びの共同体研究会」の折、深澤幹彦先生から「家へ来ないか」と誘われたのを機に伊東の自宅まで訪ねた。2年前、先輩も私と同じように奥様に先立たれている。先輩は悲しさ虚しさをどう克服されたのか知りたくて、喜んでお誘いを受けた。

先輩のお宅へ入ると奥様の素敵な写真やきれいな花があっちにもこっちにも飾られ、洗濯機の横には奥様が書いた「洗濯の仕方」が貼ってあった。部屋の様子から奥様をこんなにも愛し、大事にしていることが伝わってくる。先輩の生きざまに感動だった。

午後2時に伺い翌日の午前11時まで本当によく語り合った。なぜこんなにも話が続いたのだろうか。これは勝手な解釈だが、妻を同じがんで亡くした、末期の状況も似ている、奥さんも元教師である。そういう共通点があると同時に、深澤先生とは同じ時代を教師として志してきたことも共通している。校長時代には、「学びの共同体」の学校づくりをしてきている。過去も現在もそしてこれからも追求していることが共通している。私は本当に癒された。生きる希望が湧いてくる思いだった。帰宅して早速お礼のメールを。

深澤先生、2日にわたっていろいろと本当にありがとうございました。心が整理されてきました。何よりも癒されました。どう生きればいいのか、生きる希望が湧いてくる思いでした。

先生の人生観をお聞きすることができたこと、不思議にも他人には言えないことが言え、聞いてもらえたこと、そういうことがそうさせてくれたのだと思います。

先生とお話しした時間は何と10時間余り。こんなにも長く、話題が切れずにお話ししたことがかつてあっただろうか、そういう人はいただろうか、感謝でいっぱいです。「学びの共同体」関係のお話もたくさんいただき、どんなに為になったかわかりません。先生には色々とご迷惑をおかけしてしまいましたが、お伺いして本当によかったです。ありがとうございました。これからもよろしくお願いいたします。取り急ぎ、お礼まで。

こちらこそ心穏やかな優しい時間をありがとうございました。二人でじっくりと話ができたことは大きな喜びです。それと、初めて話し合ったとは思えないほど自然体で話すことができ不思議なくらいです。

一人暮らしの寂しさは今もこれからも続くと思います。そんな時少しでも前を向くことができるよう気持ちを交換し合いましょう。また語り合えることを楽しみにしています。お出掛け下さい。梨を美味しくいただきました。ご馳走様でした。

岩本泰則

深沢幹彦

妻の恩師を訪ねる

中嶋先生は妻にとって中学3年間の担任であり、妻はその後も親しくお付き合いをさせてもらっていた。先日私が先生宅をお伺いしたらご夫婦でこんな話をしてくださった。

「英子さんが大学生の時でした。私は中学校学年主任、修学旅行を箱根から三つ峠に変更するという計画を立てました。その時協力を得たのが英子さんでした。まず英子さんに、手紙に『修学旅行の思い』を書きハイキングコースを作成してくれないかと依頼しところ、英子さん達仲間5人で原案を作り、実際に歩き、3つのコースを提示してくれたんです。私たちも学年で下見しまして、もちろん英子さんたち5人も一緒にね。その結果、校長からこの新企画が認められ当日を迎えました。学年生徒300名、英子さんたち5人も同行してくれました。最高の天気、富士山がくっきり見え、修学旅行『河口湖⇓三つ峠⇓河口湖』ハイキングは大成功を収めました。あの頃は私も若くてね、チャレンジ精神があったんですね。それにしても、英子さんがよくやってくれたお陰ですよ」

そして先生の奥様は「英子さんのことは旦那さんよりもお父さんの方が知ってるかもしれませんよ。お父さんが英子さんを中学3年間担任して以来、その後もずっとなにかにつけては報告してくれていました。英子さんが初めて恋に落ちた藤代小学校時代のことも、育児日記の書き写しを送ってくれたりもしましたね。・・・頭もいいし、きりょう良し、心も良し、気ばたらきがあって、字もうまいし、歌もうまいし、こんなに揃っている人いないよ」と。

至福のひととき

孫が東北新幹線スーパーこまちとはやぶさの連結シーンが見たいと言うので、二人の孫と娘で盛岡方面の旅に出かけた。道中、「いい孫を育てたね」、と娘に。そして、「いい娘を育てたね」、と母さんに感謝した。

思いもかけない元旦前後の4日間

この正月をどう過ごそうか考えていたら、すでに子どもたちが話し合って、今年は横浜、来年は我が家にと決めといてくれていた。暮れには裕志たち夫妻が来てくれて30日に「大晦日」をやってくれた。横浜では、初詣、福田家の正月、そして2日には、鶴見まで行って母さんが見たくてたまらなかった箱根駅伝を観戦させてくれた。子どもたちの気遣いに涙が出る思いだった。妻が「姉弟仲良くね」とよく語っていたがそれは子どもたちへの贈る言葉であった。

納得する食事を

一人の食事には何の風情もない。だから、器にもこだわり、色彩にもこだわり、盛り付けにもこだわる。「食事という文字は、『人を良くする事』、だから大事なんだ」と生徒に話したことがある。食は生きることそのものだ。食を粗末にすることは自らをみすぼらしくすることだ。だから食事にこだわりたい。納得する食事をしたい。

冷蔵庫のわきから、「のこされた妻のレシピで一昼夜　あの香もどりしゆずの甘露煮」と妻の字で書かれた短歌を発見した。誰が歌ったのかは分からないがなぜこの句がここにあるのか不思議でたまらない。

妻のいない食卓

今朝も盛り沢山の食卓、まるでホテルのバイキングみたいだ。ズッキーニのソテー。オリーブ油とバター、そこへ肉とズッキーニとを入れて炒める。醤油、塩コショウを少々ふりかけて、これが何とも旨い。昨日作ったサラダ、ジャガイモもキュウリも玉ねぎも我が家で採れたもの、それらを使ってのサラダだ。そして、昨晩の豆腐入りのなめこ汁と、隣にいただいたうりの漬物もある。

こんな食事がとれるようになったよ、母さん。

退職後はスローライフを旨とした人生をと心がけてきた。朝食も夕食も一時間はたっぷりとかけた。一つひとつの食材を味わいながら夫婦の会話を楽しんできた。

ある時、妻は食卓に盛った食材を数えながら「お父さん、今朝はなんと十八種類よ、これとこれと……これはうちの、私が育てた作品、うれしい！　幸せ！」と。決して高価なものではない、ただただ新鮮であることと手作りだ。こんな平凡な日常をずっと続けられることが私たちの目標だった。

時々、おかずの品数を数える時がある。13、14、15と。因みに今朝は、目玉焼き（卵、ベーコン、キャベツ)、野菜サラダ(ハム、トマト、モロヘイヤ、キュウリ、アーモンド、玉ねぎ)、酢の物(大根、キュウリ、ニンジン、玉ねぎ、タコ)、みそ汁(カボチャ、油揚げ、豆腐)なんと、17品目です。母さんほめてくれるだろうな――。

納得する食事を旨としている。食事が終わって、「ああうまかった」と言える食事をしたい。自分で作るからおいしい。元気だからおいしい。おいしく食べられるから元気、そうした循環が続いてほしい。

一周忌法要、テーマは「天国の妻への報告」

あれからもう1年も過ぎてしまった。寂しさや悲しさは変わらないが、今では妻の死を客観化できるようになった。妻はいつでも私の傍にいると思えるようになった。そういう心境になったころの平成27年3月29日、一周忌法要を執り行った。

一周忌法要は身内だけで行った。今回のテーマは「亡き妻への報告です」。この1年間の我が家の変化を、解説を交えながら映像を見たり、生前の元気な母さんの姿をビデオ映像で見たり語ったりしながら妻を偲んだ。そして、退職後、一番輝いていた頃に描いた絵を会場いっぱいに飾った。

概略

○平成26年7月21日――美月ちゃんが生まれました。
○みーちゃんの健やかな成長を願って、初めてのお宮参りです。
○バーバに抱いてもらいたかったです（石岡総社宮にて）。
○みーちゃんの誕生、バーバに報告に来ましたよ。
○きょうは「お食い初め」です。
○こんなに大きく、こんなにかわいくなりました。パパがたくさん写真を撮ってくれてます。
○母さんが注文したスイカの苗。お陰さまでこんなに大きくなりました
○新盆参り　バーバを迎えに来ましたよ。
○母さんの育てたゆり、今年もお盆を待ちかまえるように咲きました。
○「英子さんの作品、飾らせてください」と頼まれてね。
　十一月　地区公民館作品展にて、岩本英子遺作展を。
○筑波山に登りました。
○孫と盛岡へ行きました。
○母さんと計画したリフォーム、ここまで進んだよ。

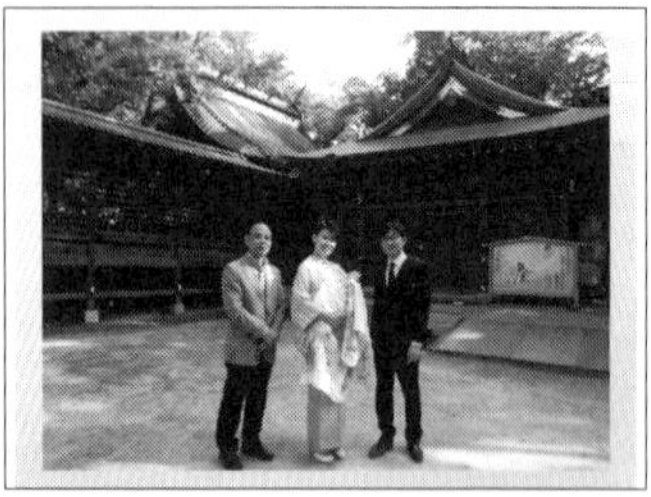

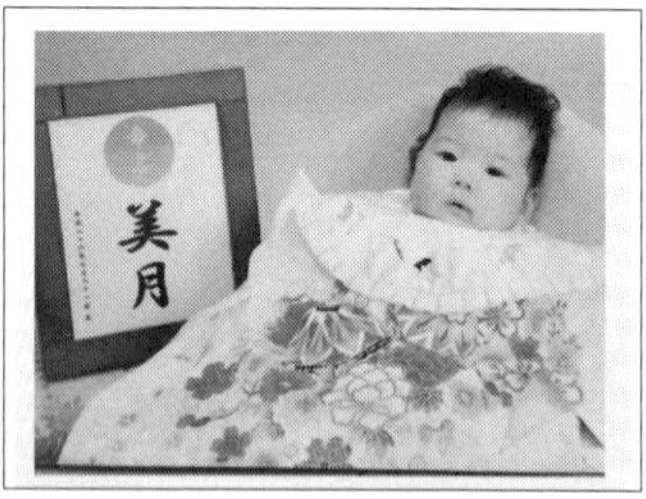
美月

きょうは「お食い初め」です

母さんが注文したスイカの苗
お陰さまでこんなに大きくなりました

新盆参り　バーバを迎えに来ましたよ

母さんの育てたゆり、今年も
お盆を待ちかまえるように咲きました。

○間もなく、裕志たちも引っ越してきます。
○孫へのまなざしをまとめました。
母さんの孫への眼差しはいつもあたたかかったねぇ。
○「バーバはきびしいけど、たのしい」。
○そんなまなざしを内孫にしてあげたいといつも、言ってたんだよねぇ。母さんの分までがんばるからね。
○引き続きビデオをご覧下さい。

私の旅立ち

一周忌を終えて自分の心を吹っ切るためにも、アメリカ西部への旅を決心した。かつて文部省派遣でアメリカ東部を旅してきた妻は、「今度はアメリカ西部に行きたいね。グランドキャニオンにも行ってみたい」と言っていたこともあった。コロラド川に沿って長さが450㎞、深さ2000mもある朝日に照らされたグランドキャニオンの崖っぷちに立って、妻の写真を手にして「母さん、ここが母さんが来たかったグランドキャニオンだよ」と妻に伝えた。

この時、母さんの「お父さんは、一人で生きられるよね」の問いに、ようやく答えができるようになったと確信した。

妻のことが走馬灯のように浮かんでくる

結婚41年、正確に言えば、41年4カ月と28日だ。こんなにも長い間一緒だったんだよね。善しとしなくちゃ。ボーボワールやセネカがこう言ってるじゃないか。

「こんなにも長い間、共鳴し合えたこと、それだけですでに素晴らしいことなのだ」

「いかに長く生きたかではなくいかに良く生きたかが問題である」

「シクラメン夏の天気はシクラメン」、NHK天気予報の南さんがダジャレを言っている。このつまらないダジャレで二人は笑った。

「ありがとう」、「サンキュウ」、口ぐせだったねー。結婚41年、何度言われただろうか。「お疲れさん」、「よかったねー」「そうだよねー」も口ぐせだった。この言葉にどんなに癒されたか。今は時々、自分に「お父さん、よかったねー」なんて自分で自分に言うんだ。

母さんは朝起きると、「畑が私を呼んでいるの」と言って庭と畑を一巡する。ほんの5分か10分だけど気づいては雑草をとっていた。だからいつもきれいだった。「キュウリとナスとほうれん草、これが今朝の収穫」、そして朝ご飯の支度が始まる。この情景が目に映ってくるんだよねー。

母さんは退職したらまるで生き返ったように色々とやりだした。自分の新たな人生を創っていったように思えた。趣味、ボランティア、実にポジティブにやっていた。義母の介護と見送り、そして実父、続いて実母の介護と見送りと……。その間、本当にエネルギッシュだった。そして輝いてた。

病院の帰り、東京駅には妻とずいぶん行ったものだ。地下街で食事をするのが楽しみだった。先日よく行っていたレストランを窓越しに覗いたら、「あれ！　母さんじゃない？」、と一瞬思ってしまった。いるわけないのに、人違いだった。そんなことが時々ある。

食事、洗濯、片付け等、自分でやってみて初めて分かることはいくらでもある。母さんは仕事を持ちながらみんなこなしていたんだものなー。女の人に、妻に脱帽である。

食事の後片付けが終わってホッとした瞬間、「あっ、そうだ洗濯物干さなくちゃ」、一人の生活はこんな具合である。

妻に感謝

互いに認め合い寄り添いながらの人生だったかなー。私たちはよく語り合った。特に退職後妻は、私がいつでも最高の仕事ができるように気遣ってくれた。だから、家のことは一切自分でやろうとしていた。食事の用意は「私の仕事だから」と私に決してさせてくれなかった。その分私はずいぶん仕事に時間をかけることができた。妻が、私の仕事を理解し共感し応援し、仕事に没頭させてくれたから私は少しはいい仕事ができたのだと思っている。

天皇陛下が「私は結婚により、私が大切にしたいと思うものをともに大切に思ってくれる伴侶を得ました。皇后が常に私の立場を尊重しつつ寄り添ってくれたことに安らぎを覚え、これまで天皇の役割を果たそうと努力できたことを幸せだったと思っています」。こう語っているのを新聞で読みながら、畏れ多くも英子のことと重なってくるのだ。

平成7年3月31日、定年退職の日の深夜12時、桜吹雪が舞い散る柿岡中学校校門の前で柿岡中学校勤務3年間とこれまでの教職38年間の勤務ができたことに対して、「ありがとうございました」と深々と頭を下げて感謝の意を表した。妻は、「お父さんよくやったね。おつかれさま」、「母さんのお陰だよ」と言葉を返した。そんなことも思い出すなー。

この日、妻は日記にこう綴っていた。

「夫。退職、11時45分、正装で柿中へ。12時無事、学校勤務から解放される。誠実な姿だった。最後まで。」

リフォーム完成、そして裕志たちとの暮らしが始まった

父の念願だった2階建て入母屋造りの家ができたのは昭和60年、それから30余年、その家のリファームが完成した。と同時に裕志たちと一緒に暮らすことになった。棟は違うが隣に彼らがいる、それだけで心が安定する。

夕方、万平で歓迎会をした。1時間余りだろうか、美月を抱っこする。妻だったら美月にこうしてあげていただろうことをしっかりとやっていた。美月は私の膝の上で思う存分に愛嬌をふるまっている。裕志夫妻と美月、そして私と4人、これが私の家族なのだと言い聞かせていた。でも、一人たりない、全体を気遣う妻がいない。

大晦日、3+4+1=岩本家8人が勢ぞろい

リフォーム完成、そして裕志たちのここでの生活のスタートを祝って、今年の大晦日、正月は私たちの所でということで、娘たち一家もやって来た。息子の家族3人+娘の家

族4人+私=岩本家8人が勢ぞろい、にぎやかな大晦日と正月になった。孫たちにも囲まれ、最高に幸せな時間となった。これが今の岩本家なのだと改めて思った。

新聞の短歌を見ながら妻と会話をする

「二人して荷解き終えた新居には同じ二冊が並ぶ本棚」

私達にもこんな思いをしたこともあったなー。私たちにとっての同じ2冊、それは斎藤喜博全集であった。

「お父さん私ら長く生きたわね、そういう妻の頭撫でたる」

もしかしたら私たちもやがてこんな夫婦になっていくんだろうねー。

「たったひとり君だけがぬけし秋の日のコスモスに射すこの世の光」 永田和宏

母さんの大好きなコスモスが今年も慎ましやかに咲いてるよ、母さん。

もし妻が元気だったらどんな生き方をしていただろうか

神科医、海原純子の生き方が放映されていた。仕事の傍らジャズ公演に行く彼女の姿を見ながら、「もし妻が元気だったらどんな生き方をしていただろうかなんて思いをめぐらした。

「NHKのど自慢に出たい、1回でもいい、華やいだ衣装に包まれてステージで歌を思いっきり歌いたい」、そんな夢を語っていた妻が目に浮かんできた。

妻の夢を見た

今朝方、妻の夢を見た。富士山《ふじやま》の周りを二人で散歩、西の空の星があまりにもきれい。オリオン座などがはっきり見える。土手に寝そべり、星を見ながら二人で楽しく語り合っている。その映像、声まではっきりとよみがえってくる。

今朝の食事で「いただきます」と言ったら、「どうぞ」という声が聞こえてきた。妻は歌をよく歌っていた。娘とも風呂でよく歌っていた。「川の流れのように」「千の風になって」等々、あの高音が懐かしい。

河野裕子さんのうた

同じ乳がんで妻を亡くなした、歌人永田和宏さんの「河野裕子の死を見つめた344日　家族の歌」を時々広げるてみる。

長生きして欲しいと誰彼数えつつついひにはあなたひとりを数ふ

私が死んでもあなただけは長生きして欲しい

さみしくてあたたかりきこの世にあひ得しことをしあわせに思ふ
手をのべてあなたとあなたに触れたきに息がたりないこのよのいきが

妻は子育てにも手を抜かなかった

子どもたちのことがふと頭に浮かんできた。二人とも普通に賢く育ったと思う。妻は子育てにも手を抜かなかった。私は子どもたちが中学生になる頃まで中学校勤務、部活部活で子育てはもっぱら妻まかせにしてしまった。「大事な時はお父さんはいつもいない」と母さんに叱られたことが何回かあった。

妻の子育ての秘訣は何だったんだろうか。

保育所1年目、息子の担任から運動会の練習が人並にできないという手紙をいただいた。妻はこの問題解決のために一冊の小さな連絡帳を用意した。息子の家での良さや問題点を具体的に書いて先生に知ってもらう。良さを特に強調していたように思う。問題点を解決するのではなく良さを更に伸ばしてもらおうとしていたのだろう。大事にとってあった連絡帳をそっと開いてみた。

10／2　裕志がどんな態度をとるのか、不安でした。先頭に立ってみんなと入場してきた時はほっとしました。踊っている時も真剣な態度で、以前の彼の姿から比べるとずいぶん違ってきたなあと感じました。親心って単純なのですね。先生方の細かい配慮には本当に頭が下がりました。

P.S. 先生は何人もの子供に関わっていらっしゃるのですから忙しくて大変です。負担になったのでは申し訳ないですから読む程度にしてください。

10／11 運動会お疲れ様でした。終始裕志の行動が気になる運動会でしたが、以前とは比べ物にならないくらい落ち着いて演技してくれたので安心いたしました。竹の子体操もあれほど抵抗を示していたのに上手にできて、あの姿を見たら涙が出てきてしまいました。このように成長したのも野口先生はじめ皆様方に面倒見て頂いたお陰です。家庭ではどうにもならないことです。本当に有難うございました。

息子は昨日は帰ってからもずっと機嫌が良く満足気でした。一つのことをやり終えて、彼の中にも、やればできるのだという大きな自信がついてきたのだと思います。これからの彼にとっての大きなプラスだったと確信しています。今後ともどうぞよろしくお願いします。

妻の赤ペン

柿岡小学校時代の子どもの日記が大事にしまってあった。子どもとの交流が赤ペンでぎっしり詰まっていた。

アメリカ海外視察前日の子どもの日記から

6時間目の先生の話で先生の2週間の日程が分かりました。でもなんだかさびしいようなへんな気がしました。もし、飛行機が落ちたらどうしようとも考えていたし、私も先生になろうと考えていました。2週間の間、津田さんと土屋さんと森田君と私で力を合わせてやっていくつもりですので、どうぞ心配しないで楽しく行ってきてください。先生の日程表を見て、先生のことを思い出しています。

「行ってらっしゃい」

ありがとう。なんてやさしいんでしょう、あなたは。涙が出てきてしまいました。大変なことも多いことと思いますが、藤井先生に相談しながらがんばってね。よろしくね。

毎年命日には、妻の竹馬の友が来宅、そして妻の思い出話を

妻は旧谷和原村で育った。毎年、命日になると、故郷で小中高校時代をともにした竹馬の友たちがお線香をあげに来てくれる。英子が生涯大切にしていた腹心の友だ。今年も英子の小中高校時代の話で盛り上がった。これまでに出てきた話は……

「確か小学校6年の時だったかなー、組体操の練習で地面に降りた時、私誰かの足を踏んでしまったのに誰も『痛い！』という人がいなかったの。振り向いたら英子ちゃんがいたんだよね。でも英子ちゃんは知らないふり、こんな接し方もあるんだ、そういうことを学ばされました。今でも忘れられないです」

「小学校4年生の時だったかなー。英子ちゃんの手は大きくて先が細く、第二関節が太くて、その手があかぎれで真っ赤。なのにいつも雑巾を絞ってふきそうじを熱心にしていた。痛々しくてね。後になってゴム手袋をしてやっていたけど、そういう姿が忘れられないです」

「中3の時でした。英子ちゃん提案で『ありがとう運動をしよう』をやったんです。それが私の『有難う』の原点になってるんです。小学校6年生の時は、『教室をきれいにしよう運動』やってね。みんな米糠の雑巾を作ってきて床をきれいに磨いたんですが、その中心にはいつも英子ちゃんがいました」

「英子ちゃんは出会うべくして出会えたかけがえのない人でした。娘にね、『よくそんないい友達を持ったね、最高だよ』と言われてね。英子ちゃんは私にとってどんな人だろうと改めて考えているの」

「英子ちゃんには、私の弱さ、みにくさ、なんでも出せる人、なんでも受け止めてくれるの、癒されるのよね人生を全うできたと思います。英子ちゃんは幸せだったですよ。誇りにしてください」

「高校の入学式で、英子ちゃんが代表挨拶をしたんです。内容といい話し方といいそれが素晴らしくて、英子ちゃんにあこがれてしまったの。それ以来の友達なんです」

私の知らない英子の側面を聞くのはうれしい。「来年も来るね、それまで元気でいなくちゃね」と我が家を後にする。

妻の両親の命日には墓参りを

5月31日は妻の母親の命日である。

妻が旅立って2カ月余、急に襲った喪失感と孤独感、何かにすがりたい気持ちになっていた時、妻が両親の命日には必ず実家を訪ね墓参りをしていたことを思い出した。すぐに行動。妻の役目を果たすことで喪失感と孤独感からは解放された。妻の実家の弟夫婦がもてなす手作りの料理が並んだ食卓、そこには妻と一緒に食卓に向かった時と同じ空間があった。喜久江ちゃんの「お兄さん、無理をしないでくださいね」が妻の言葉に重なった。

お墓参りには体が動く限り行こうと思っている。妻を忘れないためにも。

美月の成長

美月が保育園入園、お祝いにリュックサックをプレゼントした。登園するとき私の部屋をのぞいて、身体をくの字にして「じいじの、じいじの」とリュックサックを指している。これね、じいじにもらったんだ、いいでしょ、大事にしてるよ、と言ってるようで、そのしぐさがなんともかわいい。

この頃、保育所から帰って来ると、じいじの所に一人で遊びに来るようになった。まず絵本を読む。次はゼリーとか飴とかお菓子を食べたり、そしてボール遊びをする。ふじやまの麓まで散歩に行けるようにもなった。保育園ではしっかりもので通っているようだ。そして間もなく3歳になる。

母さんの「孫たちから好かれるおじいちゃんであってください」が浮かんでくる。「おかげさまで」と応える。

娘も妻と同じように

横浜の娘の家で運動会の朝を迎えた。娘は5時前に起きて弁当作りを始めたという。弁当の出来栄えを写真に収めていた。昨晩は、亜衣の体操着を丁寧にアイロンかけをしながら、「お母さんは運動会にはいつも新しい体操着を用意してくれてね……」と母の心遣いを語っていた。妻がしたように、娘もまた子どもに同じようにしてやっている。ほほえましくうれしく思った。早速妻に報告した。

子どもの運動会の日、妻は確か4時には起きて、弁当を作り家族の朝食を用意し、そして自分の学校の運動会へと向かった。大抵運動会の日が重なるから自分の子どもたちの運動会はいつも見られなかった。孫の亜衣が小学校へ入学して初めての運動会、本来なら妻と一緒に孫に声援を送っていたはずだった。亜衣は駆け足競走で一等をとった。

今でも悔しくて、悔しくて

秋は夕焼けが美しい。散歩をしていると、夕焼けに染まった筑波山を正面にしながら妻と一緒に散歩した時のことが甦ってきた。と同時に、ANK免疫療法のことが甦ってきた。「なんであんなばかな治療をしてしまったのか」と、その悔しさがふつふつと沸き上がる。あの治療にどんなに期待したことだろうか。ところが始めたとたん、治療のダメージが襲いかかり、その後体調がガタガタと崩れていった。初めは、痛みはつきものと思い覚悟はしていたものの、一方で肺には胸水が貯まり続けた。石井先生は「それは抜けばいい、良くなるには試練はつきもの」と。だが治療を続けるほど悪化していく。そんな状況下にあっても明日来る光を願って治療を続けていた。

この日も悔しさがわきあがってきた。なんと妻にすまないことをしたことと。

日光白根山に登る

いつか行きたいと思っていた日光白根山登山が実現した。ロープウェイで標高約２千メートルまで登れる。そこから２５７８ｍの山頂を目指す。久しぶりに秋晴れの天気、山頂までゆっくりゆっくり歩いて３時間半、そこには言葉では表現できないほどの絶景が待っていた。山頂は視界360度のパノラマ映像だ。白根山は日本列島の中央部に位置している。遠くに富士山が浮かんでいる。目を少しずつ右へ右へと転じていくと南アルプス、中央アルプス、北アルプスが見えてくる。近くには燧岳、至仏山、関東平野、眼下には五色沼や中禅寺湖が見える。

絶景に見とれていた時、近くで「わー、うれしい！」と叫んでいる60歳前後のご婦人の声がした。聞いてみると、「ガンとの闘病1年、今ここにいること、山頂踏破ができたことがうれしいんです」と生きてる喜びをかみしめているかのように言う。思わず私は、「旦那様に感謝でしょ」、「ハイッ！」と強くキッパリと答える。彼女は「自分のために生きているのではないと深く知りました」と続けた。私は「そうですよね」、ついつい次の言葉が出てしまった。「私は妻を亡くしました。旦那様の思いがわかるのです。長生きしましょうね。」と握手をして別れた。

皆それぞれに何かを背負いながら登山しているんだなあ、そう思いながらゆっくり

ゆっくり下山した。

母さんがくれた独りの時間

妻の一周忌を境に「人生の第三章」が始まったように思える。それは「母さんがくれた独りの時間」である。子どもたちや孫たちのためになる、社会のためになる、そして自分のためになるためにも、その時間を大事にそして豊かにしていかなくては、と思っている。

海外旅行もその一つである。母さんが「マチュピチュそれにグランドキャニオンには必ず行ってみたいね」と言っていた、そのアメリカ西部を皮切りに私の一人旅は始まった。1年に一度はと思っていたが、この1年を振り返るとフィリピン、中国、タイ、そしてシンガポールと4回にもなってしまった。2月にはマチュピチュに行くことになっている。

多くの仲間と自然に出会える、土地の歴史にも触れられる。思考の幅を広げてくれる。ツアーではすべての参加者と必ず語ることにしている。海外への独りの旅は又格別だ。友人に教えを受けながら、それができるようにまでなった。すべて自分でやる。これがまたいい。タイへの初めての独り旅、目標は予定した場所にバス、電車、トゥクトゥク等を使って到着できること、美味しいものを食べること、ゆっくりのんびりすること等だった。すべてクリアー、一か月も旅の余韻にひたれた。

最近「コーヒータイム」を作るようになった。あの苦さが嫌だったのにその苦みがいい、息子が、挽いたコーヒー豆を持って来てくれる。そのコーヒーがとても美味しい。夜8時30分、テレビを止める、そして本を読む。なんという充実感だろう。贅沢な独りの時間である。

「母さんがくれた独りの時間」を豊かに生きていこうと思っている。「私の分まで生きてね」に応えられるように。

遺作展の開催

ゲラの校正等に時間を費やしているうちに「岩本英子　遺作展」の案内状が完成した。遺作展のきっかけは、もう3年も前になるが、195頁に前掲した木崎さん経営の「Ｂｏｏｋ Ｃａｆｅえんじゅ」での開催のお誘いである。遠慮はしてたものやってみようかという気持ちがわいてきた。近くに住むデザイナーの村上さんが案内状をデザインしてくださるというのである。それがトントンと進み、次のような案内状が完成した。

陽春の候　皆様方に於かれましては、ご清祥にお過ごしのこととお慶び申し上げます。

この度、妻 岩本英子の遺作展を開くことになりました。生前は多大なご指導とお励ましをいただき、故人もさぞ感謝していることと存じます。
ご多用中誠に恐縮でございますが、ご高覧賜りたくご案内申し上げます。尚、ご来場の際 一切のお心遣いはご心配なく総て、ご遠慮させて頂きたくお願い申し上げます。

２０１８年４月吉日　岩本泰則

岩本英子遺作展
２０１８年５月11日（金）～13日（日）
10：00－17：00（最終日15：00まで）
コミュニティスペース　Ｂｏｏｋ　Ｃａｆｅえんじゅ

岩本英子 遺作展
2018年5月11日(金)－13日(日)
10:00-17:00 (最終日 15:00まで)
コミュニティスペース Book Cafe えんじゅ

第四章　岩本英子を偲ぶ会

――四十九日法要から――

「岩本英子を偲ぶ会・四十九日法要」に込めた思い

あっという間に初七日が過ぎた。妻を失った喪失感と焦燥感に襲われ、自分はどう生きて行けばよいのか考える気力もなかった、そんな折に脳裏に浮かんだことは、「四十九日法要」のことだった。

妻の、「お父さんは演出が上手だよね」が頭から離れないでいた。もしかしたら、妻の書き置き「英子の葬儀」にあった「幡谷先生にアメージンググレースを歌ってもらいたい」、こんなちょっとした演出を夢見ていたのかもしれない。そうだ、これを実現させようと思った。組内や親戚関係者に加えて、生前、妻と関係の深かった方々をお呼びして、生前のその時々の妻のことを語ってもらおう。そして生前の妻の人となりを映像で見てもらおう。そんな企画が浮かんだ。名称を「岩本英子を偲ぶ会・四十九日法要」とし、葬式にはできなかった妻への供養を、私なりに演出して精一杯やろうと決意した。これこそ、過去にとらわれない、形式的にしない私たちの生き方であったではないか、エネルギーが沸き上がってきたのである。

忙しくなった。いつ、どこで、誰に来ていただくか、案内状づくり、映像づくりと、やることは次から次へと出てくる。とくに「故 岩本英子を偲んで――四十九日法要によせて」の映像づくりに妻への私の思いのすべてをかけて作ることにした。

岩本英子を偲ぶ会——第一部

司会／故岩本英子様は、昨年5月23日、「とうとうこんなことをまとめねばならない時が来た」と『英子の葬儀』メモを残していました。その中に「幡谷先生にアメージンググレースを歌ってもらいたい」とありました。その願いをかなえてもらうために、無理をお願いして、元同僚、幡谷秀子様にアメージンググレースを歌っていただきます。ピアノ伴奏は、故岩本英子様の長女であられます福田恭子様でございます。

アメージンググレース独唱　幡谷秀子様

司会／献杯の音頭は、仕事でも生き方でも人生の示唆を今でも頂き続けている元上司の飯塚榮様にお願いします。

英子先生と最後のお別れをしたいと思います。

英子先生、先生が亡くなったことを心に受け止めることができません。本当に寂しく悲しさでいっぱいです。先生とは26年来、平成元年から有明中学校で勤めさせていただきました。平成2年には八郷町が学力向上推進地区となり、本校がその研究の中心校に指名され、岩本先生に研究主任になっていただきました。先生は優れた教育観と実践をもって主任として自ら率先垂範し指導法の改善にみんなで取り組みました。先生は何をするにも一生懸命でただただ頭が下がる思いでした。

16年間の闘病生活、さぞ苦しかったでしょう、辛かったでしょう。しかしそういう姿は決して見せませんでした。本当に精神力の強い先生でした。先生が最後に来てくれたのは昨年の7月25日、「今私は農作業に頑張っているんですよ、野菜をつくっているんですよ」と言っていました。2年前には見事に完熟したトマトを持って来てくれ、「これが私の作品です」と収穫の喜びを満面に浮かべているあの姿は今でも私の脳裏に焼き付いています。

「人には優しく自分には厳しい」人生だったと思います。英子先生、長い間本当にありがとうございました。

それでは、献杯の音頭を取らせて頂きます。ご冥福を祈り献杯したいと思います。

司会／本日は、故岩本英子様にとって大事な先輩や同僚、そして幼馴染みの友人、いわば「腹心の友」にもご参列を頂きました。その方々からスピーチをいただきます。

初めに、岩本英子様と同じ故郷で育った幼馴染みの野口きぬ様と高校時代から支え合っていた友人芳師渡節子様からスピーチをいただきます。

代表して、私の方から、大好きな英子ちゃんへ一言述べさせていただきます。

初めに、英子ちゃんと幼馴染の野口さんの言葉を紹介します。「英子ちゃんは勉強ができて、成績抜群なのに決して差別しない、誰にも優しい、痛みを分かち合える、人間として尊敬できる人です」と語っています。英子ちゃんの人柄を凝縮した言葉です。

私は英子ちゃんとは高校からのお付き合いでした。以来50年もの間、友達でいてくれて有難う。がさつであわてん坊で、いつもいつも失敗ばかりしていた私を時には戒め、励まし、そして優しい笑顔で受け止めてくれた英子ちゃん、ありがとう。思い出は余りに多く言い尽くせませんが、一言でいうなら、「感謝」、ありがとうです。

英子ちゃんは病気から決して逃げず、闘ってきました。そんな辛い闘いの中にあっても、5年前に大手術をした私に気遣い励まし続けてくれました。英子ちゃんの人間性の凄さの一面です。私の手術当日は、筑波大の執刀医に、「友人を助けてください」と手紙を届けてくれました。そして私にさり気なくこのような手紙を送ってくれました。その一部を紹介します。

「……私はよくコスモスを思い出すんです。きゃしゃで見たところ弱々しくて頼りない花ですが、風まかせ、雨まかせ、ゆれにゆれてもなかなか折れないんです。そんなコスモスのように生きてみたい、と思うのです。来年もしたたかにコスモスのようにしなやかに生きていこうね。節ちゃん」。英子ちゃん流の励ましです。こんな励ましをずっと続けてくれていました。

英子ちゃんが心から愛したものは、美しい八郷の自然、手紙の書き出しはいつも、八郷の四季折々の自然の美しさでした。そして最愛の家族の方々。英子ちゃん、美しい新緑の中、みんな集まってますよ。

英子ちゃんの最後の手紙を紹介させてください。

空を見上げてごらん
何か小さな
希望が
生まれてきそうな
気がする
とらわれない人生

私が天国に行ったら、教育論を熱く語り合おうね。二人でお花畑を作ろうね。それまで頑張って生きるから、見守ってくださいね。

司会／いつも、教育の夢を熱く語り合い実践し合い、今でも親交を続けている桜会の皆様からスピーチをいただきます。初めに、佐藤芳江様からお願いします。

私たちは平成11年4月から3年間、小桜小学校で英子先生と一緒に勤めた仲間です。小桜小学校を去った後、「同じ価値観を持った気の合う仲間で集まろうよ」ということでできた男1人、女4人の桜会です。今年2月、「今回は都合が悪いので参加できない、皆さんでやってください」というメールが入りました。英子先生がいらっしゃらなくてはつまらないからということで延期していました。先日、6月にしようかということを話していたところへ訃報の連絡がありました。

英子先生の思い出は沢山あるんですけど、英子先生は特別支援学級の担任として小桜小学校にいらっしゃいました。とっても丁寧に指導をなさって、「今日は黒板に書いた文字をちゃんと模写ができるようになったんだよ」とか、「かけ算九九がやっとできるようになったんだよ」とか、自分の子どものように喜んで話してくれていました。支援学級の子どもたちばかりではなくて、だれでも、休み時間とお昼休みとか放課後とか、いつでも教室をオープンにして出入りできるようにして、子どものつぶやきとかをメモしておいて、「これ、詩になるんじゃない」と声かけ、ちょっと直すとそれが詩になって、茨城新聞などに投稿して、子どもたちの詩が次々と新聞に載ったり、賞をもらったりしていました。

子どもたちは自分の何気ないつぶやきが素敵な詩になることで自信をつける――、そんな、子どもの力をどんどん伸ばしてくださった先生でした。中でも今も心に残っているのは、5年生の男の子。下に2年生の男の子がいて、父親がたまたま仕事中の事故で亡くなったその子への対応でした。書くことによって父親の死を見つめて、自分はどうあったらよいか、生きる道筋をつけてあげたいということで、その子に話をして、おうちの方にも連絡をとって、作文を書かせたのですが、その作文は入賞し何かをいただくほど素晴らしかったと記憶してます。それがただ素晴らしいというのではなくて、書くことによってその子がお父さんの死を受け止められて前向きになれたと、お母さんはとっても喜んでお礼を言いに来てくれたこともありました。

英子先生は一人ひとりをほんとに大事にする教師で、良いところを見つけては褒めて伸ばしてくれました。それは子どもたちだけでなくて私たち教師にも行事の後とか授業の後とかに良いところを見つけて、いつも笑顔で励ましてくださり、そういう中で私たちは育てていただいたなあと思っています。

小松崎久美子です。英子先生、小桜小学校で出会えたことは私たちの大きな喜びです。小桜で3年間、よく悩みを聞いてもらいました。職員室で話している時、出版社から依頼された原稿でしょうか、「下書きできたの。読んでみて」って渡されました。病気に対する思いとか、旦那さんや息子さんへの思いとかが綴られていて、食事中でなかったら私は大泣きしていたことでした。

小幡小学校に勤務していた時、疲れたなあ、相談したいなあと思った時など、英子先生のお宅に突然お伺いしてお話を聞いてもらうこともありました。いつ行っても「あっ、よく来てくれたね」と迎えてくれました。ただ聞いてくれただけでなのに疲れも取れて温かくなって帰って来ることができました。

年と共に学校でやらなくてはならないことが増えてきます。そんな時はいつも「英子先生だったらどうするか」と考えるようになりました。そう考えることで、少しでも高い目標を持って頑張ろうと思いました。いつも前向きになれて、感謝でいっぱいです。これからも、「英子先生だったらどうするだろうか」と考えながら生きていきたいと思います。英子先生、ありがとうございました。

田口です。桜会の名の通り、桜の花の満開のころ満開の桜と一緒にふっと私たちの前から英子先生がいなくなってしまいました。これまで何度となく食事会をしていましたが、これからも英子先生が私たちを迎えてくれるような気がします。いつも一番早く来て、私たちを迎えてくれました。それぞれの職場での出来事を話したりするんですが、落ち込んだ時などは、勇気をもらったり、もう一度頑張ってみようと思いなおすことが沢山ありました。

英子先生、今思うと想像もつかないような大変なこともあったと思うのですが、自分のことは脇に置いといて、いつも私たちを優しく受け止めてくれて、かえって私たちが勇気をもらったり励ましていただいたりしました。食事が終わるとテーブルの上には菜園で作られた見事な野菜が並べられて皆さんにくださる、野菜がない時期にはパックに入れた赤飯を持って来てくださる。会が終わると次の会の時期を、「3月は学年末で忙しいから2月ごろ会おうか、8月はお盆が終わって涼しくなってからの方がいいかな」と必ず次の会を約束して別かれていたんですけど、こんなに早く英子先生と別れるなんて夢にも思っていませんでした。英子先生から、何事も根気を出してやり抜くという大切なことを教えて頂きました。

司会／長い教師人生には忘れられない生徒がいます。その中でも一番忘れられない教え子、岡野裕美様からスピーチをいただきます。

先生との出会いは中学校2年生の時でした。私の夢は教師になることでしたが、英子先生と出会ってそれが目標に代わりました。そして今それが実現し教師になっています。思い出を2つだけお話しします。

1つは、英子先生の一人ひとりを大切にする心です。。中学校に来ると元気な男の子も沢山いるのですが、褒められたことのないようの子もいるかもしれないんですが、英子先生はホームルームで必ずほめてくれました。中学2年生の宿泊学習の時でした。飴などを持って行くことが禁止されていたんですが、学年主任に見つかってしまい、学年主任や生徒指導主事に説教され、部屋に戻って「飴くらいいいいじゃないよね」なんて言ってたんですけど、消灯時間になって、部屋の見回りに英子先生が来てくださって、英子先生にきっと叱られるだろう、とみんな思っていたんですが、英子先生は、「悲しかったなー、明日からまた頑張ろうね」と一言言ってその場を後にされました。その時は気づかなかったんですけど、今私が教師になって私たちの立場に立って、この英子先生の一言の優しさ、厳しさと重みを感じています。

2つ目は英子先生の授業の面白さです。中学校の授業はあまり覚えていないのですが、でも英子先生の国語の授業は私はすごく覚えています。物語文で悲しい文章だと45分間聞き込んで涙することもありました。英子先生の授業でなかったら心打たれることがなかっただろうなと思いますし、説明文ではグループ学習をやったんですが、友達の話を聞くということはこんなに楽しいんだと分かったのもこの時だと思います。

一番覚えているのは、金子みすずの「私と小鳥とすずと」の詩で、一番最後「みんなちがってみんないい」が隠してあって、「皆だったらどんな言葉を入れる?」って聞かれて皆一生懸命考えました。英子先生は何か伝えたいことがあってこの詩を選んだんだなあと思いました。
今、教師という同じ立場に立たせてもらって改めて英子先生のすごさが、優しさとか実感することが多く、毎年5月になると英子先生に会いに行くのが楽しみで、今年も1歳になった娘と一緒に会いに行こうと思っていた矢先だったんです。今日は皆さんの話を聞いて、英子先生の偉大さを改めて感じました。これから英子先生のような教師に向かって頑張っていきたいです。

〔付記〕
岡野裕美さんは、「輝く女性教師への大変身」創刊号(2010.8明治図書刊)に次の文章を投稿をしてくださった。

私の尊敬する先生
言葉の大切さを教えてくれた。頑張るってかっこいい

茨城県つくば市立吾妻小学校　岡野裕美

私は、教師になって心がけていることがある。それは、一生懸命に頑張る子が輝けるクラスをつくることだ。友だちの頑張りを素直に認める心の強さは、簡単なようであって難しい。でも、1つの出来事から1つ学ぶか、2つ学ぶかは自分の心次第なのだ。その手助けとなるのが、教師の言葉かけである。岩本先生は、言葉かけが本当に絶妙だった。そのときの言葉、雰囲気、間が素直に受け取らざるを得ない気持ちにさせる。そして喜びはその倍に、悲しみは次へのステップに変えてくれた。いつかそんな言葉かけができる教師になりたいと思っている。

岩本英子先生との出会いは、私にたくさんの影響を与えてくれた。教師を目指すと告げた日も、温かい木漏れ日のようなほほえみで「小学校の先生、裕美ちゃんに絶対合ってる。絶対よ」そういって励ましてくれた。

私には、尊敬する先生がたくさんいる。お世話になった先生方のかけてくださる言葉を素直に受け取れるようになったのも岩本先生との出会いの中で学んだことである。私の尊敬する岩本英子先生は、私が教師になった現在も優しく見守ってくださっている。本当に私は幸せだ。いつか、先生のような先生になるのが私の夢である。

「いつもありがとうございます。感謝しています」

司会／いつもあうんの呼吸で語り合えた同じ年齢の友、稲葉春江様からスピーチをいただきます。

英子先生とは柿岡小学校に赴任して26年来のつながりです。英子先生は力があり、多くの先生方の見本であり、私の憧れであり、少しでも近づきたいと思いました。学校以外では先生とは買い物に行ったり、旅に出たり、カラオケをしたりしました。カラオケでは「愛燦々」や「川の流れのように」、美空ひばりの歌など素晴らしい歌声で聞かせてもらいました。あまりにも素晴らしい歌声にうっとりしたものでした。私が母を介護していた時、先生も同じような立場にいましたので介護のことやこれからの自分たちのことについて話をしたものでした。その時の私の様子を見て色紙を書いてくださいました。

「手をつなぎ語らいぬくもり残して母逝きぬ」

私の家には宝物のようにして飾ってあります。数え切れぬほど思い出を胸に、私は残された人生を進んでいきたいと思います。

司会／なんでも話せた、何でも相談できた、富田塾でお手伝いをすることを何よりも楽しみにしていた元同僚であり塾長である富田京子様からスピーチをいただきます。

英子先生とは一緒に退職しまして、退職した後、私には夢があるんだ、ここで塾を開くんだ、というような話をしましたら、塾を始めた時から手伝いに来てくださり、一緒にこの塾を立ち上げたようなものです。塾って学校でやる一週間分を短い時間でやるものですから私はかりかりと機関銃のように教えこんでいると、英子先生はこれまで多くの先生方が語ってくれたように、一人一人にていねいにアタック、「うん、それでいいよ」「そうだね、よーし、よくできたね」と声をかけながら丸付けをしてくれて、あうんの呼吸で進めてくださったことを感謝しています。英子先生が毎時間、「よーし、よくできた、そうだねー」と生徒さんに声をかけてくださるものですから、私もいつの間にか口癖になってしまいました。ですから今、富田塾では「よーし、よくできた、そうだねー」という言葉が飛び交う塾になっています。

司会／最後のスピーチになりますが、何でも心から聞いてくださり、吸い取ってくださった大先輩、稲田悦子様からお願い申し上げます。

私も英子先生と同じ仕事をしていましたが、先生とは職を辞めてからのお付き合いが長かったものですから、そのことのお話をしたいと思います。

私は年上なんですが、英子さんから沢山のことを教えていただきました。自分に厳しく、強く生きている姿、それから深い思いやりのある温かな心、そういうものを英子さんの出会いの中で心にしみこませていただきました。

英子さんの生き方から沢山のことを学ばせて頂きました。強いとか厳しいというのは人に対してではなく、常に自分に対してで、例えば、病気になっても、今ある姿を的確にとらえて、受け入れて、さてそこからどうしようかと、治療をどうするか、食べ物はどうするかと、ほんとによく研究されて実行していく。お医者さんにも「こういう治療はどうなんでしょうか」とそこまで見つめて自分を高い所へ導いていった。そういうことをなさっておられました。

民生委員をなさっていた時のことをちょっとお話してみます。担当されていた方は一人暮らしで、年齢が高くなってからこちらの方に移住された。一人ですべてやれるはずだったのですがそうはいかなくて、その方が入院される時は勿論、退院された時も病院に迎えに行かれた。しかもお赤飯を炊いて迎えに行ったそうです。英子さんの行ないがその方の心を開いてこう語ったそうです。「私はここへ来るまであなたのような人とこういう出会いがあるとは思っていなかった」、こうおっしゃっていたそうです。それを英子さんは慎ましやかに私に話してくれました。その独り暮らしの人には娘さんがいらしたそうですが、家庭の事情で来られない、そういう中で、「家族以上のお世話をしてもらいました」、とおっしゃっていたそうです。

深い思いやりと、強く厳しく生きていく姿を心に留めておきたいと思っています。英子さんの姿はありませんが、英子さんの心は私の心の中に生きてます。ありがとうござました。

司会／それぞれの方々からそれぞれの心温まる英子様へのエピソードを語ってくださいましてありがとうございました。

岩本英子を偲ぶ会——第二部

司会／これから岩本英子を偲ぶ会第2部、「故　岩本　英子を偲んで」を映像にてご覧ください。お話はご主人様からいただきます。（文頭の数字はパワーポイントに対応）

1私たちは結婚して42年、人生「第2章」が幕開けました。その間、色々ありましたが、今はよき思い出ばかりです。そんな思い出を辿らせていただきます。しばしの間、よろしくお願いいたします。

2最近のスナップ写真からです。

これは、昨年12月自宅にて、年賀状を書いています。闘病中でしたが妻は決して自分がそうであることを表に出しませんでした。

3 H24．4　柏原公園にて
富士山が大好き　何度も行きました。
H23．10　孫の運動会へ行く途中　リニューアルした東京駅にて
H23．10　日光もみじラインにて
H24．9　ハワイ　息子の結婚式で
等々を紹介。（他省略）

4 葬儀後入院中に色紙にかかれた詩を見つけました。

3日だけ元気な日をください

1日目
私は　いちじく柿などの剪定をして消毒をするでしょう。
午後は家のまわり、畑の草取りをしてきれいにするでしょう。
そうそう、じゃがいももまきましょう。

2日目
亜衣の卒園式に出るでしょう。
あの坂をぐんぐん上って、横浜学院幼稚園に行くのです。
亜衣や海成をぐっとだきしめてやりたいです。

3日目
お父さんと夏に生まれてくる孫のことを話します。
お父さんとゆっくり一日をすごします。
おいしい料理を作って食べさせてあげたいです。
3日じゃたりない。

4日目
家のお墓と実家のお墓に行ってお参りしたいです。
この若さで間もなくそちらに行かなければならないことをおわびするでしょう。
そして
もう一日元気な日をくださったら、今までの人生で出会ったすべての方々にお礼を述べたいです。

はじめに妻の「3日だけ元気な日をください」の詩に沿ってお話しさせてください。

5 1日目は、畑仕事のことです。それは妻の生きがいでした。
息子夫婦と家族4人でジャガイモ掘り。終わってから妻はとてもうれしそうに、「今日は夢のような日だったね」と。こんな光景が生まれることを願っていました。(昨年6．23)

6 間もなくであろう死を覚悟していた2月、国華園からカタログが送られてきました。それを見ながら、このような植え付け計画を立てていました。そして、3月5日苗注文。「それまで生きていられるかなー」と言いながら、トマト、メロン、唐辛子、キュウリ等11種類も注文しました。通信欄には「非常に寒い地方なので5月に入ってすぐに発送願います」と。

7 5月2日、注文通り苗が送られてきました。まるで、天国の妻から送られてきたかのようでした。有り難いことに、みっちゃん夫婦が来てくれて植え付け完了。その後も面倒を見てくださり、トマトもメロンも見事に収穫できました。

1
故 岩本 英子を偲んで
ー四十九日忌によせてー
平成26年5月10日

2
昨年12月 自宅にて

3
富士山が大好き H24.1

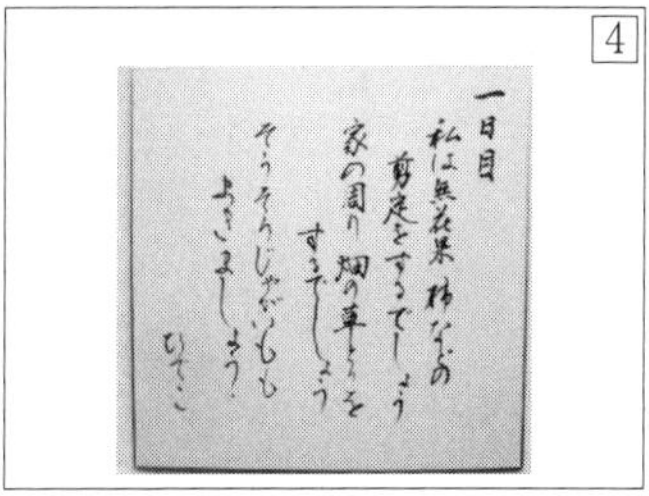
4
一日目
私は無花果 柿などの
剪定をするでしょう
家の周り 畑の草とりを
するでしょう
そうそうじゃがいもも

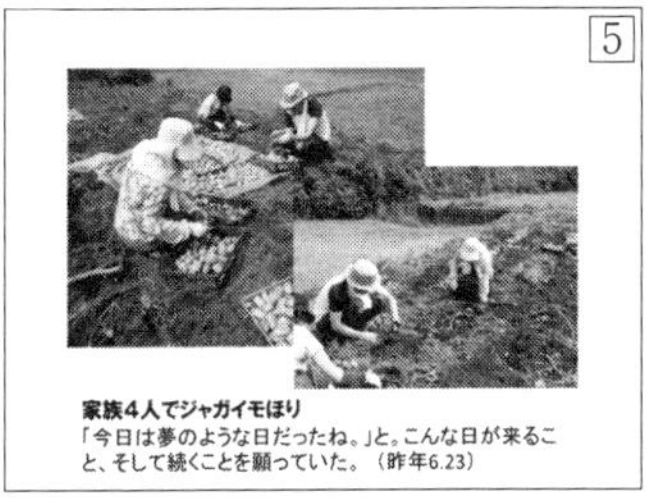
5
家族4人でジャガイモほり
「今日は夢のような日だったね。」と。こんな日が来ること、そして続くことを願っていた。（昨年6.23）

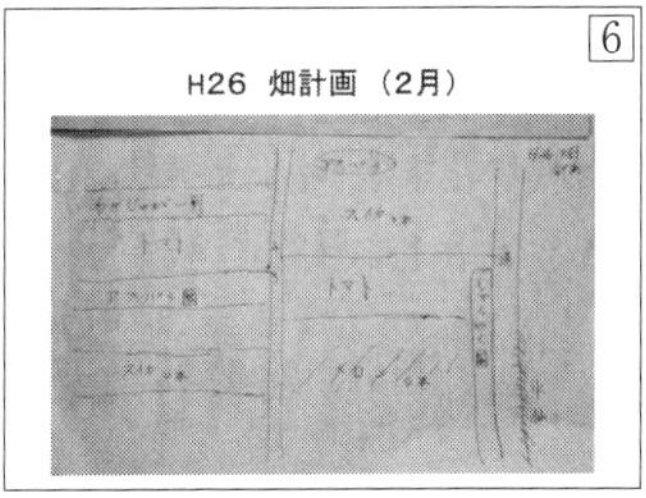
6
H26 畑計画 （2月）

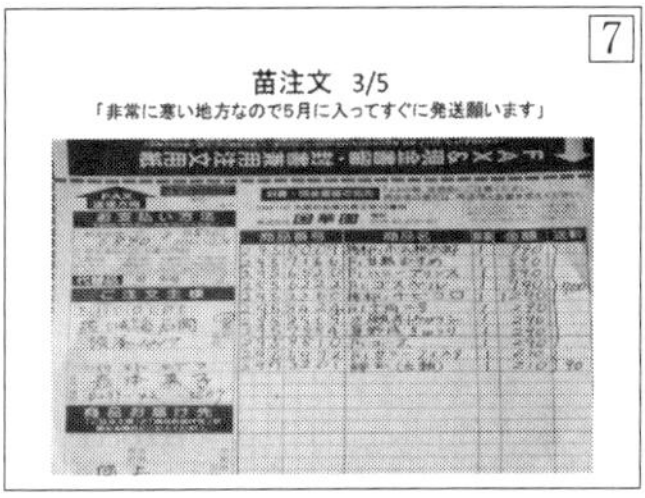
7
苗注文 3/5
「非常に寒い地方なので5月に入ってすぐに発送願います」

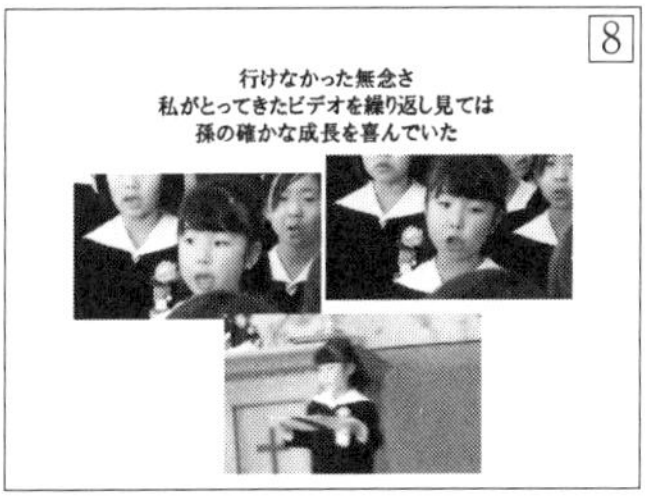
8
行けなかった無念さ
私がとってきたビデオを繰り返し見ては
孫の確かな成長を喜んでいた

2日目は孫とのことです。

8 3月14日、亜衣ちゃん卒園式。妻は行ける状況ではありません。私一人で出席。卒園証書をもらいに行く亜衣の背筋を伸ばし凛とした歩き方、返事、涙を目に浮かべている感受性、そんな見事な成長にほれぼれしていました。式が終わると早速家路に。撮ったビデオを妻に見せながら報告すると、「亜衣ちゃん成長したねー」、恭子が持たせてくれたちらし寿司を頂きながら「恭子、忙しいのによく作ったねー」と妻は感慨深げでした。

9 昨年6月でした。孫たちが来宅して、今しかないと思ったのでしょう。カワイ呉服店に孫を連れて七五三の着物を選ばせています。「亜衣ちゃんの七五三、必ず行くからね」、私には「行けるかなー」と。結局行けませんでした。

10 妻はよく、うれしそうにしていると、抱きしめて一緒に喜んであげていました。悲しそうにしていてもぐっと抱きしめて、「海成、好きだよ、大好きだよ」と。先日、海成が、私に「じいじ、ギュッと抱いて、ばあばみたいにギュッとだよ」とねだってきました。

11 3日目は夫婦の時間のことです。

「バンザイ！　ついに栄子ちゃん、おなかに赤ちゃん。七月九日だという。私、そこまで生きていられたらうれしい……。」

これは1月2日の妻の日記からです。あんなに楽しみにしていた赤ちゃんを見ずして逝ってしまいました。

12 2番目の外孫が誕生した時、あちらのお母さんの姿を見ながら、「私もいつか初着をつけて、孫をしっかりと抱いてあげたい」と妻。内孫の時、初着をつけて孫を抱くのを楽しみにしていました。

13 妻は、「我が家の幸せづくりのコーディネーター」とでも言っても過言ではありません。仕事を持ちながら主婦として、嫁として、よく尽くしてくれました。「小さくていい。普通でいい。この小さな幸せな時間が続いて欲しい」、妻の口ぐせでした。

14 右は平成元年。私の両親、私達夫婦と高校生の二人の子どもたち。娘が提案した家族写真。

左は、長男夫婦、長女夫婦と2人の外孫、そして私たち夫婦。平成25年1月元旦の家族写真。
家族全員が揃う、この「小さな幸せ」
妻は岩本家2代にわたっての総務部長でもありました。
⑮妻は、母親としても、子育てもしっかり。長男を身ごもって、産み育てる3年間、教師を辞め子育てに専念しました。その頃、子どもの発する言葉を集めた「片言集」が茨城新聞で紹介されました。
「八郷町の岩本英子さん　ふと漏らす片言は詩」　S52
⑯我が家の全景です。妻がこの地に嫁いで40年余、家も庭も畑もしっかりと形作られました。総務部長としての妻の貢献のお陰なんです。
⑰⑱平成18年に娘が、平成24年には息子が結婚しました。晴れやかな表情、息子とのツーショット写真、まるで恋人のようです。思わず「最高に幸せ」と妻。
茨城新聞で紹介された「片言集」を子どもたちの七五三の時に一冊の本「にじにのりたい」にまとめました。次の詩は巻頭に載せたものです。

9
七五三の着物を注文
「亜衣ちゃんの七五三、必ず行くからね」
昨年6月1日

10
ぐっとだきしめてやりたいです

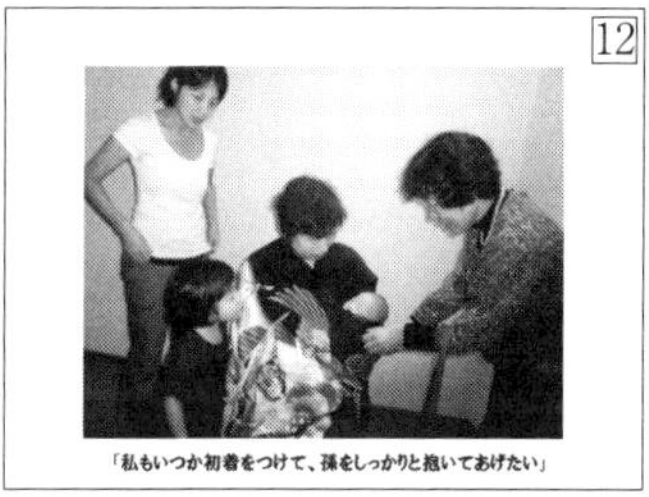
12
「私もいつか初着をつけて、孫をしっかりと抱いてあげたい」

14
家族が揃う「小さな幸せ」
岩本家2代にわたっての総務部長
平成25年1月元旦
平成元年

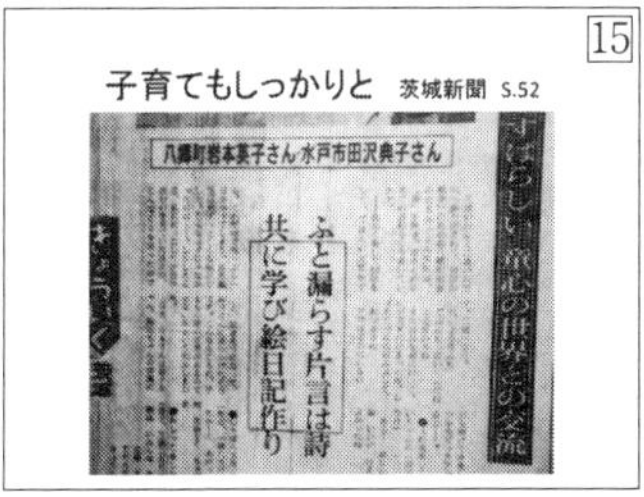
15
子育てもしっかりと 茨城新聞 S.52
すばらしい童心の世界との交流
八郷町岩本英子さん 水戸市田沢典子さん
ふと漏らす片言は詩
共に学び絵日記作り

16
お陰さまで

17
娘の結婚 H18.5

18
「最高の幸せ」

娘よ

谷川俊太郎

娘よ
いつかおまえの
たったひとつのほほえみが
ひとりの男を
生かすこともあるだろう
そのほほえみの
やさしさに
父と母は
信ずるすべてを
のこすのだ
おのがいのちを
のこすのだ

娘の結婚式には妻の努力で「にじにのりたい」を再販、参列者に配布する運びとなりました。

⑲定年前の退職。そして、ばあちゃん（義母）の介護。妻は実父に、「ひでは、岩本家に嫁さんに行ったんだから、向こうの親をしっかり看ろ、俺はこっちの嫁に看でもらうから」と、言われたそうですが、こちらの両親に誠心誠意尽くしてくれました。

私の母が亡くなる2日前、英子の弟がお見舞いに来てくれました。母は起き上がって、「谷和原のじいちゃん、ばあちゃん、こんないい子を育ててくれて……」と弟に言いました。こうして暗に英子の素晴らしさをたたえてくれました。これは姑から嫁への最高の言葉であり、これまでの色々なことはチャラになってしまったようでした。

夫の両親を見送り、実家の両親の介護もしました。実父の時は毎日のように病院通い。「足が向いてしまうの」と友達に言ってたようです。父が息を引き取った時は、実家の嫁がそばにいて、妻はいてあげられなかったんですが、妻は「これでよかったの」と、うれしそうに話してくれました。

⑳最後に身につけていたハンドバックの中には両親の写真と、病気で闘っている節ちゃんからいただいたお守りと4つ葉のクローバー。

21 いつでも妻は病床で隣人を励ましていました。それが生きる支えだったのかもしれません。今回は、逆に「隣の人にいただいたの」と紙に書かれた『過黒暗即黎明』を大事そうに私に見せてくれました。

22 左は教師最期の卒業式の日の朝。中下が、卒業式で教頭の仕事、「来賓紹介」を。右は、平成19年3月31日、この日で教職を退職。母と私で花束を贈呈。そして「祝 退職 長い間お疲れ様でした」の垂れ幕を作って退職を祝いました。疲れた表情が出ています。妻は最後の最後まで頑張ってしまいました。

23 ところで、私たちの出会いですが、昭和46年、藤代小学校で同じ学年を組んだのが運命の始まりでした。尊敬する人物は「斎藤喜博」、一緒でした。目の前で変容していく子どもをつくりだしていく斎藤喜博の指導力と哲学に魅せられ、彼のような教師になることが二人の夢であり、生涯その追求の連続でした。ちょっとオーバーですが。

24 妻は、「斎藤喜博における教育方法」を卒論のテーマにしていました。指導教官の水内宏教授は妻の卒業論文に「「寺田（旧姓）論文の特長は斎藤喜博にぞっこん惚れているところである」と評しています。やがて、その水内先生に娘も又大学で教育学を教わることになるのです。

25教頭時代もよく教室へ。「子どもが夢中になる瞬間が快感なんだよね」と授業を楽しんでいました。

26園部中学校、国語教師時代、指導した作文が文部大臣賞を受賞。生徒の引率で、第21回「こんにちは美しい日本！　作分コンクール表彰式」に出席。自分のことのようにうれしそうでした。すべての子の可能性を信じ特別支援学級も担当しました。

27左は文部省教育派遣報告。「アメリカの教育事情に思う」1985年10月

右は、子どもたちの学力向上に関わって、小中学校はどう連携したらよいのか。何ができるのか。地域での国語科の授業研究と実践に取り組んだ3年間を振り返っての若き教師常光寺先生との「往復書簡」が、雑誌「作文と教育」2005年2月号から連載されました。

28左は『私の尊敬する先生――言葉の大切さを教えてくれた。頑張るってかっこいい』

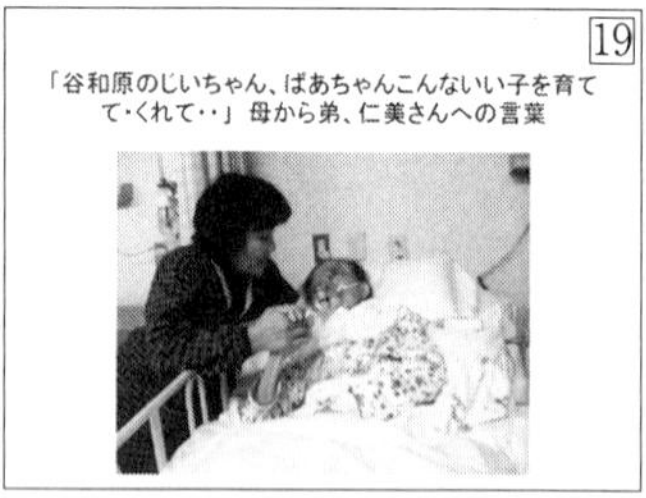
19
「谷和原のじいちゃん、ばあちゃんこんないい子を育てて・くれて・・」 母から弟、仁美さんへの言葉

20
最後に身につけていたハンドバックの中には
両親の写真と・・・

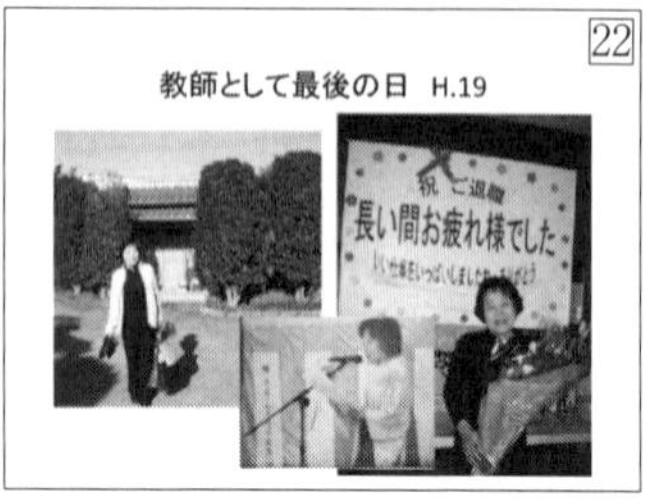
22
教師として最後の日 H.19
祝 ご退職
長い間お疲れ様でした

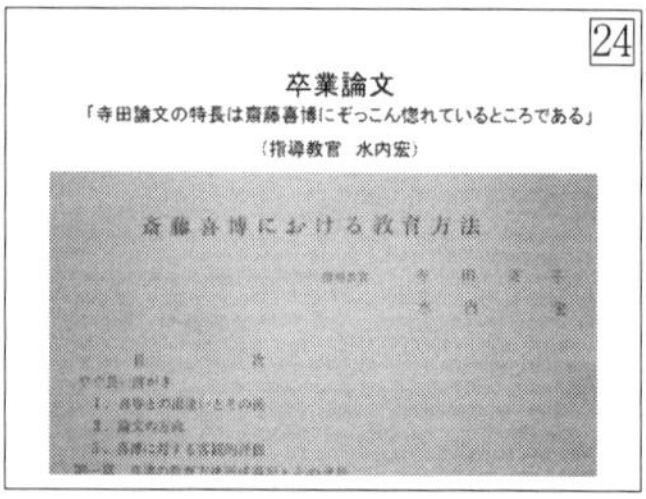
24
卒業論文
「寺田論文の特長は斎藤喜博にぞっこん惚れているところである」
（指導教官 水内宏）
斎藤喜博における教育方法

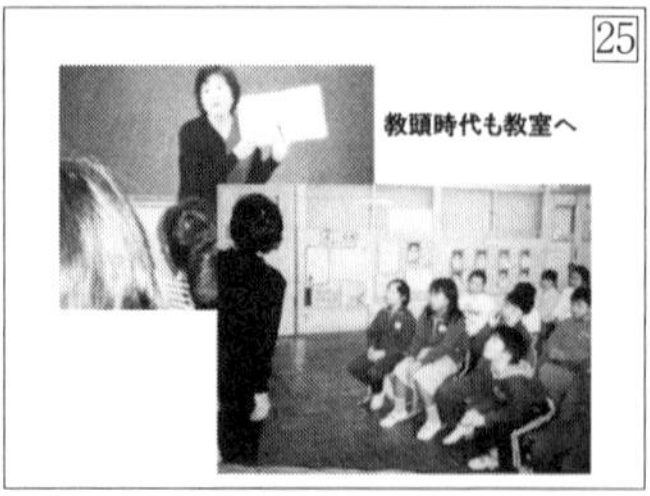
25
教頭時代も教室へ

26
すべての子の
可能性を信じ

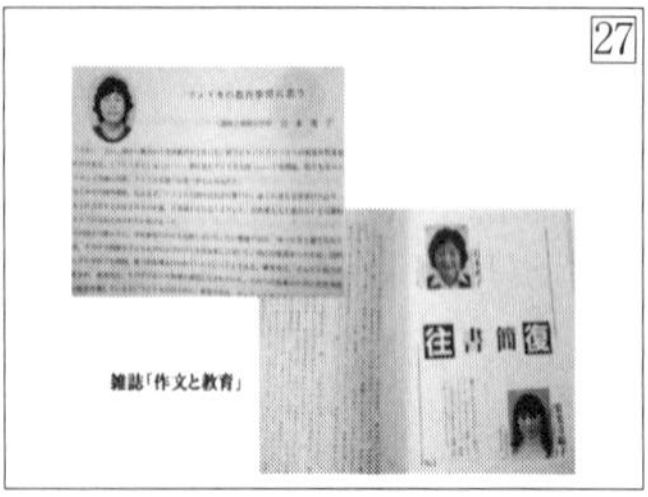
27
往書簡復
雑誌「作文と教育」

28
私の尊敬する先生
一教え子が雑誌に投稿
女性教師へ大変身
いつでも、どこでも"子ども目線"エクササイズ

と題して、有明中学校の教え子、当時つくば市立吾妻小学校、真家裕美先生が、「輝く女性教師への大変身」創刊号（２０１０．８明治図書刊）に投稿をして下さいました。

㉙赤ペンがぎっしりの子どもの日記
　妻は日記指導を欠かしませんでした。子どもの本音に心底向き合っていました。「そう、そうなんですよ」とか「うわーうれしい、そう言ってもらうとうれしいよ。あやちゃんの表情見ているとやる気が出てきますよ」とか赤ペンを入れながら、子どもからエネルギーをもらっていました。

㉚58歳で退職。それからがんの再発までの6年間、妻はとても輝いていました。義母の介護と見送り、実父の介護と見送り、そして実母と。しっかり役目を果たしながら、自分のやりたいことにも時間を費やしていました。その時に描いた作品です。

㉛「石岡市文化祭」に出品した作品です。これは平成22年のものです。

㉜息子の所属する横浜国立大学グリークラブ第46回定期演奏会（１９８９．１．13　神奈川県立音楽堂）で書きおろしの「男声合唱とピアノのための樹木頌」が歌われた。妻

は50歳大病後だっただけにこの「ああ木々よ　逞しき生命力よ」に続く歌詞に感動し、相当のエネルギーをかけて作品にしました。

33 50歳、がんで入院。妻は色紙に。「必ず　お父さんのもとに帰ってきます　英子」と書き置きして大手術に望みました。」H9．4．20

「絵、歌、書、俳句、短歌…何でも器用にやったけど、きわめることはできなかったねー」とよく述懐してました。

34 入院中の句が茨城新聞文芸欄に掲載されました。

病棟に 響く春雷 夫待つ夜
娘が選びし 水色のねまき着て
退院の日を待つ われの心安らぐ

35 今回の入院中「お父さん、筆ペンと色紙買ってきて」と頼まれた時がありました。その時に書いた作品です。

ほっとして　横になる

目の先に下弦の月あり　病院の窓

風が吹いても　雨が降っても
折れそうで折れない　桜花

36娘にプレゼントされた券で横浜スケートセンターへ。「荒川静香と握手できたよ」と喜んでいました。

「真央ちゃんが金メダルとったら、病気治っちゃうかもね」「真央ちゃん　惜しかったね。がっかり。努力しても努力しても超えられない壁があるのかなー」

37 1月20日の妻の日記「お父さんへ」です。私には読めません。司会の方に読んでいただきます。

38以上、42年間のひとこまでした。長時間亡き妻　英子を偲び、時間を共有させていただきましたことに感謝致します。

有難うございました。

29

30

31

石岡市文化祭　H22

32

「木々よ 逞しき生命力よ」（50歳　大病後に）

横浜国立大学グリークラブ　第46回定期演奏会
1998年1月13日　神奈川県立音楽堂
「男声合唱とピアノのための樹木頌（作詩：小田切　清光）

33

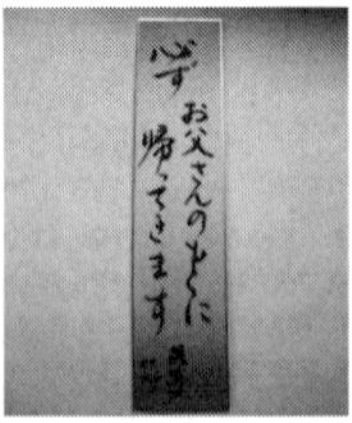

50歳
入院を前に
H9.4.20

34

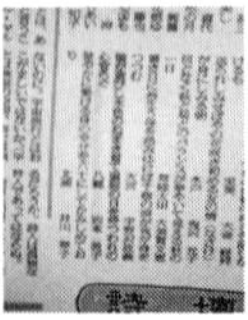

病棟に響く春雷夫待つ夜
娘が選びし水色のねまき着て退院の日を待つわれの心安らぐ
茨城新聞

35

病床にて　2月

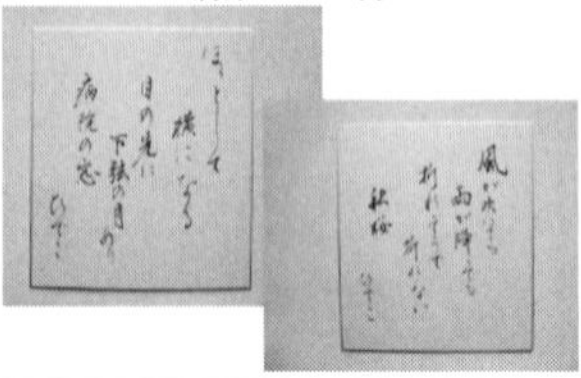

36

真央ちゃん　惜しかったね。がっかり。努力しても努力しても超えられない壁があるのかなー。

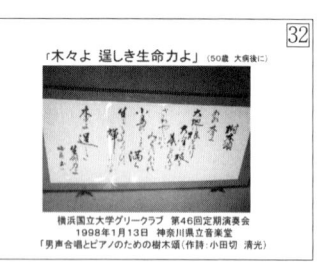

「岩本英子を偲ぶ会」を終えて

その翌日である。何人かからお礼の言葉をいただいた。

○英子ちゃんは、思っていた以上にすごい人でした。みんなのお話を聞いて納得しました。いいものをみんなに残してくれました。あんな生き方をする人はいないです。私にとっても一つの区切りになりました。(幼馴染の野口さん)

○英子ちゃんは高校をトップで入学し代表であいさつ、その時の語り口、立ち居振る舞いに私は感動しました。入学数日後には親友になり、信頼を抱き続け未だに裏切られない、私にとって腹心の友です。泰則さんと婚約中、「1回ふられたの、でも又お付き合いができるようになった」と手紙をくれたんですよ。(芳師渡さん)

○とてもいい会でした。偲ぶ会に行く前と帰りでは全く気持ちが違っていました。これまで寂しさと悲しさばかりだったのに、今日は心の癒しとなりました。気持ちを整理することができました。みんなそう思ったに違いありません。みんな話を聞いて、スライドを見て、そんな人だったんだねと納得しました。英子さんはすごい人です。優れた人です。そういう人だったんですね。あんな人はいない。悲しみは今も変わらないですけどね。岩本先生、簡単には戻れないけど、「お父さん、そろそろ動く時だよ」と言われる時が来るはずですよ。それまでは悲しんでもいいんじゃない。(元同僚　稲葉さん)

このようにとらえて下さった「偲ぶ会」、このような形でやって本当によかったと思った。母さんのためにうれしかった。そして何よりもうれしかったのは家族の言葉である。終了すると、裕志が静かに「お疲れさま」とねぎらってくれた。恭子からは、「一番いいスピーチだったよ」と慰労してくれた。最高のご褒美である。母さんなら、何といってくれるだろうか。

加えて、嫁の栄子からきたメールには感激した。

○栄子のメールから

「お義父さん、今日はお疲れ様でした。まだ一か月、もう一か月、どちらが正しいのかわかりませんが、様変わりした生活の中で、今日に向けた準備など有難うございました。何のお手伝いもできませんで…。私の知ることのできなかったお義母さんの姿が皆さんのお話から垣間見え、素敵なかただったんだな、と改めて感じました。

裕志さんのことお気遣い、ありがとうございます。裕志さんも普段通りにしていますが、最近胃腸の調子に波があるみたいでしたので、お義父さんの言葉に甘えて体調優先にしてもらいますね。ありがとうございます。

何かあれば連絡してください。何もなくても身体が辛くなった時には顔出しに行きますね。

まだ暫くの間お客様の対応などあるかもしれませんが、お義父さんも休める時は、心身ともにしっかり休んでくださいね。いつまでも元気にいて頂いて、生まれてくる赤ちゃんともたくさん遊んでください」

生きるエネルギーをもらう

私は校長時代、入学式や卒業式など節目の行事を大事してきた。生徒には竹の節目から枝が出て、その節目から次々と枝が出てくる、節目を通して人は成長するんだよ、とよく語ってきた。「偲ぶ会」も又節目である。少なくとも私は「偲ぶ会」によってこれまでの思いが吹っ切れ、生きるエネルギーをもらえたような気がした。やってよかった、としみじみと空を仰いだ。

第五章

その1　がんからの生還
——交換ノートに込めた思い——

その2　弔辞

その3　寄稿文

その1
がんからの生還——交換ノートに込めた思い——

茨城県　岩本泰則・英子

50歳の時、突然襲った乳がん、家族も私たちも慌てふためきました。何とかして乗り越えねばならない、私たちはそのすべを2冊の「交換ノート」に求めました。70日間の入院中、私たちはこのノートを通してお互いに励まし合いました。

退院後、東京での乳がん患者の会「あけぼの会」に参加し、「交換ノート」の話をしたところ、その記録を私どもの月刊誌『月刊がん - もっといい日』に投稿してほしいとの依頼で生まれたのが、「がんからの生還　交換ノートに込めた思い」です。ここに収めたものは交換ノートからの抜粋です。

1　「乳がん」の宣告

我が家は6人家族、両親も娘も息子も、そして私共夫婦もみんな健康そのものであった。ところが、ある日何気なしに右腋下に手を運んだところ小さなしこりを発見、検査の結果リンパ節転移の「乳がん」であると宣告された。大変なことになってしまった。他人事のように思っていたガン、それが自分の身に覆い被ってきたのである。

手術は右乳房の摘出、股下リンパ節十数個の摘出、更に子宮筋腫の手術も一緒に行うことになった。

2　心の支えになった「交換ノート」

入院したその日、私は「2冊のノートを買ってきてほしい」と夫に頼んだ。書くことによって、よりがんと正面から向き合ってみよう。そして何よりも生きるすべてをこのノートに求めようとしたのである。71日間、私は夫とともに「交換ノート」を書き続けた。

手術前

○月○日　妻へ

このノートを書き始めるのは私たちにとって新たな出発のような気がする。25年前のあのノート（結婚前の）とは別の、うまく言葉には表せないが、夫婦として今とても新鮮な気持ちである。（中略）

今10時30分、薬草茶ができあがったのでペンを置く。昨日は焦がしてしまった。薬草茶とミネラル湯とみそ汁と玄米ご飯は毎日届ける。一合でおにぎり3個がちょうど1日分になるかな。

このノートが私たち夫婦の再出発、結婚生活25年間の確認と未来へのスタートになることを祈って。おやすみ。

○月○日　夫へ
お父さん、ありがとう。何て言葉に表現していいかわからない。私、どんなことがあってもお父さんや家族の愛に包まれて何とか頑張れそう。夕べはみんなの写真を見ながら、いつの間にかぐっすり眠っていた。お父さんのあったかな温もりを忘れないようにね。

お父さん、もう覚悟はできたよ。もう骨に転移していようがいまいが手術にまっしぐら。気持ちはそうなっている。いろいろ不安はあるけど不思議だ。ここにいると忘れてしまう。

玄米ご飯と薬草茶とミネラル湯とみそ汁ありがとう。もう白いご飯、食べられなくなった。なんか玄米ご飯からパワーをもらっているようだ。

25年前のノート、私最近見たんだ。あの頃とっても新鮮だったね。又これを機会に新しいスタートしたいね。少しだけの少しだけの明るい希望がほしい。お父さんと私だけの二人に、そして家族、ほんの少しでいい。明るい希望がほしい。決してぜいたくでなく、当たり前の明るい希望がほしい。

○月○日　夫へ

夕べ寝ようとしたところ、先生が見えて骨には異常なかったと報告して下さった。思わずにっこりしちゃった。うれしかったもの、もうこれ以上望まないよ。

今日は昼寝もしなかった。屋上に行っていい空気を何度も吸った。階段を何度も上り下りした。それに手術のための訓練、けっこう忙しい一日だった。

お父さん、先生に随分詳しく聞いちゃったね。あれだけ説明されたらどうしようもないね。もうやるっきゃない。でも病院でも珍しいケースだなんて、私なんて運が悪いんだろう。逆に珍しいケースだから珍しく克服してやろうかなと思う。きっと学会でも話題になるでしょうから。私の治療記録は、ここの病院の先生方にとってよい勉強になるでしょうし、よい研究材料になるんだろうね。成果として是非発表してもらいたい。そのためには外科の先生方みんなでがんばってもらいたい。とにかく私の病気は外科医全体の課題なんだよね。

○月○日　妻へ

今日、ロビーに座ったままあまり語らなかったけど、それだけで充実感を覚えた。そういう夫婦なんだと再発見した。そして、あまり語らなくてもこのようにしてお互いに書くということで意志疎通がなされ、心が満たされていく。夫婦になって25年、私たち夫婦には、書くという武器がある、これも再発見である。

裕志は午前中は授業なので午後3時ころ行くとのこと。

○月○日　夫へ

裕志（長男・大学2年生）が4時ごろ来て屋上でいろいろ話した。今までは、あまり親の話に耳をかさなかったけど今日は、しんみり聞いてくれた。親として今話さなければならないことを慎重に言葉を選んで話してやった。なに不自由なく育ってきた彼にとっては大きな試練かもしれない。今日の語らいは、彼の一生の励みになればと思っている。

「お母さん、横浜まで遊びに来られるくらい元気になれよ」、「がんばってね」という言葉を残して彼はエスカレーターに消えた。

○月○日　妻へ

帰りの車で恭子（長女）にこんな話をした。教師の仕事は事実を創り出すこと、たとえば、跳び箱がとべない子をとべるようにすること、歌が歌えない子を歌えるようにすること、算数ができない子をできるようにすること。お母さんにはそれができるんだよねー。教師にとって大切なのは感性かな、それは努力してもなかなか身に付かないこともある。生まれつきの素質があるかもしれない。お母さんにはそれがあるんだなー。恭子がスチュワーデスに合格したのも備わっているいい資質があったからかもしれないね。

そんな話をしながら帰って来た。恭子は小さいころから親の話をよく聴いて次から次へと吸収していった。いい娘を持ったものだ、と自負している。裕志に電話をした。NHKの「20歳代の健康」を見てほしかったからだ。けど留守だった。

○月○日　夫へ
お父さん、いろいろありがとう。お父さんってほんとうにあったかい人。私にとってお父さんはなによりの宝、そして誇り、二人の子どもたちもそう。私、早く元気になって、お父さんや恭子や裕志、おじいちゃんやおばあちゃんたちのために働けたらいいな。それが私の小さな希望、このくらいはかなえてほしい。そう願っています。

私、教師としてほんとうに夢中で突っ走って来ちゃった。まだまだやりたいことたくさんあるけどしょうがない。お父さん、きちんと評価してくれてありがとう。とってもうれしい。もうそれだけで十分です。

手術前日

○月○日　夫へ

いよいよ手術が明日にせまってきた。少しゆっくりしたいと思ったら、Aさんが来てくれた。みんな励ましてくれてほんとにうれしいんだけど、今はほんとにほんとにゆっくりしたい。最後の夜、ゆっくり見つめ直して過ごしたい。どうか静かな夜になりますように。

夕食が済んでから屋上へ行った。筑波山の方（私たちの家）を見てお祈りし、谷和原の方（妻の実家）を見てお祈りした。今までほんとにありがとう。明日からは新しい出発、頑張るぞ。

土浦の夜景が素晴らしかった。しばらくはこの夜景ともお別れ。信じられない。明日、私の体が変わるなんて、うそみたい。それほど今気持ちが安定し、快調、すっかりもとの調子に戻っているみたいだ、一体どこが悪いというの。でも悪いんだろうな、切開したらいろいろでてくるんだろうな。みんなうそであってほしい。取り越し苦労であってほしい。こんなに頑張る私なのに。開いてみて手遅れ、ではあまりにもかわいそうだよ。そんなことがあってなるものか。お父さんそうだよね。ちょっとだけの明るい希望を下さい、と言ったらぜいたくなんだろうか、そうじゃないよね。

25年間ありがとう。明日からまた新しい出発しようね。明日はそんな日にしたい。しばらくペンが持てなくなるけど。……

おやすみなさい。

手術の朝

○月○日　夫へ
いよいよ手術の朝が明けた。時間までゆっくり休んで本番に臨もうと思う。先生方を絶対信頼して。……

今私は真剣に祈っている。どうか普通の生活に戻れるくらいの病状でありますように。ぜいたくな希望でないよね。

手術後

○月○日　妻へ
手術、よく頑張ったね。手術が終わると、先生から手術の報告があり、恭子と一緒に聞き入った。先生は「手術をやってよかった」と2回も自分に言い聞かせるように話していた。先生に「予想通りでしたか?」と聞くと、「その通りです」とのこと。従ってそれ以上でも以下でもなかったとのこと。胸中央部のリンパ節も、子宮の周囲も異常なかったとのこと。手術は順調だった。後は母さんの生命力、家族を含めての闘いだね。

……

○月○日　夫へ

手術後初めて書く。

お父さん、恭子、裕志、おじいちゃん。おばあちゃん、みんなみんなありがとう。今あんまり快調でないけれど少しずつ少しずつよくなることを信じて頑張る。今日は食欲がないのがつらい、ほとんど寝ていた。今日はこの辺で、無理をしないでね、お父さん。

○月○日　妻へ

50歳の誕生日、記念すべき年齢の誕生日だね。個室での2人だけの誕生日、こんなの初めてだね。ケーキ2個とローソクを買うのか恥ずかしかったが、母さんがとっても喜んでくれて最高だった。

これまでの母さんの誕生日を振り返ってみると、じっくりと味わったことがなかった。

50歳か、親のもとで25年、結婚して25年、銀婚式、娘の就職、はばたきの年、いろいろと区切りの年なんだね。母さんの言葉、「再出発だね」「来年はうちでしようね」、この言葉忘れないぞ。

それにしても回復がほんとに速いとしみじみ思う。母さんの明るい笑顔に接すると父さんも元気が出てくる。帰途にペチュニアを買って来た。母さんが退院するまでに挿し木して、家中ペチュニアできれいにしてみるつもりだ。

○月○日　夫へ

伝え聞きし　壮絶という名のガン病棟　ただの一日とて　快適な日なし

闘病生活がこんなにつらいものとは思わなかった。2回目の抗ガン剤投与後3日目、今少しずつ気分快方に向かっているが、それまで本当につらかった。ほとんど横になっていた。先生が回診してくださったのが唯一うれしかった。「今日は調子悪い?」「じゃあ安静にしているように」「あまり歩き回らないようにね」「おしりは?　どれどれ、ああ治ってきた。」たったこれだけなのに、先生が神様に見えちゃう。

○月○日　夫へ

今日は右手、このあたりが痛くてずいぶんもんだ。雨模様がきくのかな。Eさんが来てくれる。その後I先生が来てくださった。仕事の話になると涙が出てしまった。私の仕事を理解してくれているだけに泣けてしまった。私本当はまだまだ仕事ばりばりやりたい。

悲劇の主人公にはなりたくないとずっと前から思って来たんだから。でも私、あとどれくらい余命があるのか全く予測がつかないし、残された命は大切に大切に家族のために使おうという気持ちが強いんだ。

お父さん、ここのところ疲れているよ。くれぐれも私のことで仕事がぬけないように。早く寝てね。疲れていないようでも疲れているんだから。

○月○日　妻へ

課長がお見舞いをくださった。課長が「いろいろ大変なことがあっても明るくふるまってくれてる姿がありがたい。家の柱がそうでなくちゃ奥さんも元気が出ないだろう。これからも是非そうであってほしいし頑張ってほしい」と言ってくださった。うれしかったね—。

仕事が忙しかったり、母さんの命の源を作ったりこうして書いたりしていると、一日があっという間に過ぎていく。仕事の方もほとんど手抜きはしていない。こんな一日だと母さんのことでくよくよしたり疲れたりはしない。夜は寝床に入って本を読んでいるうちに自然とまぶたが閉じてきて、朝までぐっすりである。でも、夕べは母さんの夢を見た。尾瀬を散策している夢だった。

○月○日　夫へ

放射線科の先生が、「岩本さんの場合は5年後、10年後を見越して年に3、4回検診を受けなければなりませんよ」とおっしゃっていた。5年後、10年後とさりげなく言っていただいたのが私は何よりうれしかった。だって、そこまで生きていられるって言われたようなものだと思ったから。

○月○日　妻へ

風呂に入りながら母さんのことを考えていた。母さんはずっと仕事々々だったね。好きだっていうこともあったが、意地でやってたという一面もあったね。湿布薬を背中いっぱいに貼っていた時もあった。異常だった。旅行に行く時も、いつも疲れた疲れたと言っていた。八丈島へ行くとき、副都心を歩いている時、疲れ果てていてお互いに気まずい思いになってしまった。母さんが疲れていなければ、もっともっと歩いていい所に行って、いい気分になれたのに違いない。精神力で学校の仕事も家の仕事もしていた。

私はいつも母さんの仕事に感心はしていたのだが、身体をこわさないかと心配もしていた。体をこわさないのがむしろ不思議だった。こんなことを風呂につかりながら考えていた。

○月○日　夫へ

お父さんの言うように、私いつも疲れていたね。お父さんの元気さにやっと着いて行くという感じだったものね。仕事に全力をつぎ込んでしまい遊ぶゆとりさえなかった。たとえ旅行中でも仕事のことで頭がいっぱいだった。でも仕事を完璧にこなしていくのが、私にとって快感だったんだから仕方がなかったね。でもその結果がこの病気とは、あまりにも悲しい。

○月○日　妻へ

夕食、恭子とビール。今晩は恭子といっぱい語り合った。一週間後にはいよいよ新たな旅立ち、就職、東京へ行ってしまうとなると、今話しておかなくちゃと思うことが沢山あった。結婚論、恋愛論というか、私たちのことについてはどうも語れなかった。今日の話は　気候と風土と人間とでも言おうか、そんなものになってしまった。

「書く」と言えば書くことを教えてくれたのは母さんだった。作文教育との出会いも貴重だった。書くことにより心が慰められたり、確かなものになったり、成長させてもらったり、書くことが生きる支えとなってきたことを、今再認識している。そうそう、母さんのベッドの隣の人がね、「よく書いているなあ」って感心していた。

○月○日　夫へ

昨日、裕志と会って随分成長したなあと思った。今まで私の話なんかそそらっぽく聞いていたけど昨日は違った。一つひとつしっかり聞いてくれた。どんなことを話したかって。要約すると次の4点かな。私は親としての責務を果たす時だと思って必死で話した。

①大学院まで続けること。学費はお父さんお母さんがちゃんと貯えてあるから心配ないこと。もしもお母さんが働けなくなったとしても。

②就職は県内にすること。お母さんに、もしものことがあったら、お父さんを助けるようにと。裕志もそこは考えているよう、県内にしようと思っていると明言していた。

③お姉ちゃんと連携を取って助け合っていくこと。

④どんなにつらく苦しい時でも、人様に迷惑をかけるようなことをしてはいけないこと。だいたいこんなところかな。

今日は絶好調だったなー。おなかはすくし、適度な運動はするし。

○月○日　夫へ

今日で入院して1カ月だ。いろいろなことが凝縮されて積もり積もった1カ月だった。50年分を凝縮してもまだ足りないような。今はとても元気だ。食欲も出てきたし、体も動くようになって、気分よく過ごせるようになった。今後の治療のことがなければもうなんでもないような感じなんだけれど。ガンってこういう性質の病気なんだね。

○月○日　妻へ

今晩はついに恭子に語ってしまった。1時間もね。母さんとの出会い、結婚生活、子育て、恭子への希望……、なぜか目頭が熱くなってね、一緒に涙が出てしまった。こういう機会を与えてくれたのも母さんのお陰かな。今、随分酔っている、字がぐにゃぐにゃだ。

恭子がおいしいワインを買ってきた。冷えたワインがうまい。1本あけてしまった。今晩は明日の準備をしなくてもいいので、恭子とじっくり飲み、語りたかった。それがかなえられた。これで恭子に言いたいことは全部言ってしまった。母さんがいたらもっといい話ができたろうね。大分酔ってしまった。寝るよ、おやすみ。

○月○日　妻へ

明日はいよいよ恭子の新しい門出、入社式。スチュアーデスとしての出発の日である。晩餐は恭子の門出のお祝いである。彼女は午後4時頃からイタリア風の料理を用意をしていたらしい。私が帰宅を待っていて、家族5人で乾杯、私は急に涙が出てきた。母さんがいたらよかったなーという思いと恭子が行ってしまうということの寂しさである。晩餐の初めの15分くらいは話がはずまなかった。ばあさんは、こんなもの食べられるのは恭子のお陰だと感謝していた。裕志はアルバイトのことをよくしゃべった。家族6人で語り合えたらどんなにどんなに楽しかったろうにと、涙がこんこんとわいてきてしまった。みんなにわからないようにと一生懸命押さえた。記念写真をと思ったがとても撮る気になれない。心にしっかりと焼き付けた。

明日は6時半に家を出て病院に向かう。恭子の門出を病院で祝福する母さんの姿が目に映ってくる。

○月○日　夫へ

元気でねの　ことばのあとに　あふれる涙
娘の旅立ちや　病院の門

昨晩は盛大に壮行会ができたようでよかったね。２人の成長が手に取るように分かりうれしかった。私が参加できなかったのは残念だったけど。さあ今度は一人で頑張らなくっちゃ、という思いを強くしました。こんなにすばらしい家族に包まれているんだもの。この運命に勝たなくちゃ。

○月○日　夫へ
トンネルの　彼方にぽっと　光り見えたり
心軽やかに　退院準備

ふしぎなもので退院の声を聞くとうれしくなる。食道の痛みも頑張れちゃうんだからすごい。いよいよ退院後の生活を真剣に考えなければならない時期にきてしまったね。今まではただひたすらに、今の今の症状が軽くなることだけを願いながら暮らしていた。これからは今までよりもずっと難しくなるかなあ。

○月○日　夫へ
リニアックが終了した。本当に長くつらい５週間だったけど、みんなの励ましで何とか乗り切ることができた。今、本当にほっとしている。こののどの痛みも日増しに取れていくだろうから。

ＣＴ検査の結果、肺はきれい、異状なしとのこと、取った付近のリンパも異状なしとのこと。まずはよかったよかった。予定通り7月1日退院。もともとは小さかったのにこんなに長くかかったのはそういう性質のものだったから。他の人の例はあまり参考にならないと言う。先生は3セットとも同じ薬でなく違った薬を使うみたい。

○月○日　妻へ

「異状なし」、当たり前だ。「有り」だったら今までの努力が水の泡だ。そう考えてはだめだね。おかげさまでという気持ちでないとね。「一念は巌を通す」、母さんのこの一念、そして、先生や周りの人のそんな思いがそうさせたんだね。みんなのおかげだ。

○月○日　夫へ

しみじみと最後の夜をかみしめている。本当に、長い長い、長い入院生活だった。4月21日から明日で71日、よく頑張ったなあとしみじみ思う。おじいちゃんおばあちゃんもきっと首を長くして帰りを待っていてくれるだろう。

お父さん、この3カ月ともに闘ってくれて本当にありがとう。明日からはお父さんのそばで頑張れるよ。本当に本当にありがとう。

娘が選びし　水色のねまき着て　退院の日を待つ　われの心安らぐ
病棟に　響く春雷　夫待つ夜
（2首　茨城新聞に掲載）

退院の日
○月○日　夫へ
いよいよ退院の日の夜が明けた。荷物の整理もほぼ終わり、後は帰るのを待つのみ。お父さんからのノート、何度も何度も読み返した。3カ月のことが次から次へと浮かんできて、涙があふれてきちゃった。先生や看護婦さんには本当にお世話になった。同室のみんなもいつも励ましてくれた。
同室のおばちゃんが言うように、私長生きしなくちゃ。私、早く死んじゃったら、恭子や裕志がかわいそう。お父さんも。結婚式の時、お父さんだけだったらかわいそうだもんね。そうならないように。絶対生き延びなくちゃ。ほんとに。
このノートも今日で終わり。いろいろな思い出がいっぱいつまったノート、二人の新しい出発のノート、このノートで乗り切れた部分もいっぱいあったね。じゃ……、このノート、終わりにする。まずは退院、心から喜びたい。

3　療養、そして今

1年近くの療養をとり、私は職場に復帰した。早いもので、あれから3年6カ月の月日が流れた。「乳がんの治療に終わりはない」と言う。「再発」の2文字が頭の隅から離れない毎日であった。が、幸運にも今のところ再発の兆候もなく、とても元気だ。

どん底にあった私の心を支えてくれたのは、夫との「交換ノート」。それはがんと正面から向き合う勇気と希望を与えてくれた。夫や家族の愛に包まれ、多くの方々の温かい励ましに支えられて、私はこんなに元気になった。改めて感謝し、心からお礼を述べたい。

しかし、私はこれからも「再発」この2文字を背負って生きていかなければならない。「生きている、生きられる」幸せをかみしめながら前向きに生きていきたい。（英子）

夫たちが語る闘病二人三脚

配偶者の会　悩み分かち合い

「心の結びつ

東京での乳がん患者の会「あけぼの会」に参加した時の様子が平成10年1月12日の読売新聞・家庭欄に掲載されました。

見出しは、

女と男　妻が乳がん、何をすればいい……

夫たちが語る闘病二人三脚

配偶者の会　悩み分かち合い、情報交換

「心の結びつきが大切」勉強する姿に妻も安心感

私どもに関する記事は次のように書かれている。

妻の入院とともに交換日記を始めたのは、茨城県に住む公務員岩本泰則さん（50）。日記を2冊用意し、交互に持ち帰りその日の出来事を細かくつづった。「闘病は本当に大変、心の結びつきの大切さを痛感した」と話す。

その2
弔辞

英子先生、今ここにいても、「京子ちゃん」という優しい声が聞こえてくるような気がします。

桜の花が咲いたら見に行こうね、と話したのはついこの間のことです。こうして、お別れしているのが夢であったらと、まだ心の整理がつきません。私の知っている先生のお姿を少しでもお伝えできたら、その一心で今、ここに立っています。

先生は本当に人の心が分かる方でしたね。つらいことがあった時、どれだけ温かく受け止めていただいたことか。先生の温かさ、教師としての姿勢、人間としての誠実な生き方は、いつでも私のあこがれでしたよ。それに、先生の精神力の強さ。今回の病との闘いでもがんばって、がんばりぬいたこと知ってますよ。先生のお手紙の一部、紹介させてくださいね。

年末年始は地獄の日々でした。苦しくなって、居ても立ってもいられなくなるんです。胸水の存在です。3回抜きました。絶望の日々、その日一日を苦しまずにどう生きていくか、そんなレベルの何週間だったのですが、ここにきていくらか光が見えてきたのですよ。今度の薬が効いてくると、胸水もだんだんたまらなくなってくるということです。

もう少し平穏な日々が訪れることを祈るのみです。先生とご一緒に喜作で食事ができる日を夢見ています。とにかくがんばります。

英子先生からのメールの結びはいつでも、「がんばりますよ」でしたね。そして、どんなに体調が悪くても相手への気遣いを忘れませんでしたね。英子先生にあこがれ、尊敬し、近づきたいと願っても到底まねはできません。「治療をし、来週には退院できるかなというところです」これが最後のメールになってしまうなんて本当に残念です。最近はお会いすると必ず、「主人は本当によくやってくれるのよ」と旦那様への感謝を、そして「子どもたちが会いに来てくれたのよ」、と娘さん息子さんご夫婦への感謝の言葉を、さらにはかわいいお孫さんの話を聞かせてくださいましたね。先生、ご覧になっていますか。昨日も今日もこんなにたくさんの方々が先生を慕っていらしていますよ。こんなに偉大な先生と親しくさせていただけたこと、私の一生の宝です。どうか先生、今度はゆっくりなさってください。ご冥福を心からお祈りします。

平成26年4月8日

富田京子

その3 寄稿文

英子先生と私の妻

鈴木健就

英子先生と私の妻は柿岡小学校での同僚だった。「日々前進」、英子先生が担任する学級の教室前面に先生ご自身が書いた墨痕鮮やかな額が掲げられてあり、先生は子どもたちの日ごとの成長を見届けて褒め、励まし、讃えられた。

学級はいつも温かで、活気があった。ひとり一人の子どもを大事にし、分け隔てなく導いてくださるので子どもたちは英子先生が大好きだった。

妻は英子先生を、教師としても人間的にも素晴らしい方、と敬服していた。学習指導はもちろん行事計画でも、前年と同じに安住せず改善点を必ず見いだしていく姿勢にも惚れ込んでいた。

中学校に異動なさって、「関東地区中学校国語教育研究協議会」(群馬大会)にご一緒することがあった。英子先生は茨城県代表として、実践発表された。研究熱心な英子先生であった。

英子先生と妻は、同僚時代はもちろん、互いに退職した後まで大層仲が良かった。英子先生はご自分で作った野菜をもってきてくださったり、ふたりでよくおしゃべりをし合ったりしていたものだった。

妻の告別式には英子先生に弔辞を読んでいただいた。

「健就先生が体をゆすり、『幸子、幸子、岩本先生が来てくれたよ』と何度も呼び続けましたが、目を開けてはくださいませんでした」

そう、英子先生は訃報の電話と同時に駆けつけて下さった。そして、遺影に向かって切々と語り掛けられる。同僚時代の思い出、退職後の二人の語らい、感謝、悲哀、、、私は涙が滲むのを禁じ得なかった。

「石岡へ買い物に行くと山王台病院の下をよく通りました。幸子先生頑張ってと呟くだけで心が落ち着いたのです」

妻は、平成十九年（六十八歳）心筋梗塞で山王台病院に緊急入院した。手術は成功したものの、脳梗塞を併発し、以来一年間寝たきりの闘病生活になった。入院中、英子先生からは妻あての手紙を何度もいただいた。テープに吹き込んだ「声の便り」もいただいた。

午後の看病に入ったとき、小刻みに震えた文字が並んだボールペン書きの葉書をベッドの上に見つけた。やっと判読できるよろよろの文字だ。「これ幸子が書いたのか」。妻は微かに頷いて、笑みを浮かべた。午前中いっぱいかけて書いたようだ。こんな力があったのか、驚きと嬉しさの感動だった。英子先生への感謝を全身全霊で書いたようだ。この葉書が、妻の生涯最後の郵便になった。

「そうそう、幸子先生、私は今年の五月二十三日、去年約束が果たせなかったフラワーパークに行きますよ。しゃくやく、ぼたんの花咲く中で幸子先生をお待ちしていますよ。きっと会いに来てくださいね。千の風になって……

平成二十年四月二十四日　岩本英子」

と、結ばれた。生前二人はそんな約束をしていたのか。妻が風になってやってくるかもしれない……。風でも、幻影でもいい。花々の間に二人が微笑みを交わしている姿を遠くから見られたらいい。そんな思いを私は抱いた。

岩本先生ご夫妻には連絡せずに、五月二十三日、勝手にフラワーパークへ車を走らせた。初夏を思わせる快晴、駐車場はほぼ満杯だった。奥の方に空いているところを見つけて停めると、隣りに駐車していた車から、なんと英子先生が首を出したではないか。あまりの偶然に二人とも驚いた。

お礼の言葉を述べ合った後、語れば話は尽きないのだろうが、なかなか言葉が出てこない。公園の中ほどにある温室までゆっくり並んで歩いた。

「この風でしょうか」「そうかもしれないね」

芝生に吹く微風に身を委ねながら、二人は出口へ向かった。

英子先生が六十六歳でお亡くなりになって四年経つ。英子先生が書かれた「お父さんへ」という手紙文や色紙、「三日だけ元気な日をください」という詩、さらに、種苗会社に発注していた野菜や草花の種子の注文等を過年泰則先生に見せていただいたことがある。癌と共存して頑張っていた英子先生の姿が浮かんでくる。

同い年の情熱教師の泰則先生と博愛心豊かな英子先生、お二人の生き方に感激する。

須釜の泰則先生と英子先生

合田寅彦

須釜は戸数七十に満たない集落です。それでも明治二十二年以前は一つの立派な村でした。この年に全国一斉の町村合併があり、隣村の小幡村に吸収されます。その小幡村も昭和三十年の昭和の大合併で近隣七町村とともに新たに生まれた八郷町の一部になり、さらに、平成の大合併で八郷町が石岡市に吸収されてしまいました。須釜は、人口八万人の石岡市のそれこそほんの一地区に過ぎなくなったのです。

私がこの須釜集落に入れてもらったのが今から三十五年前。岩本姓の家が何軒もあり、親類筋の岩本家に囲まれているような錯覚を抱いたものでした。なにしろ岩本と名のつく町長さんの家がデンとあるし、私の家を建てた大工さんも岩本さんでした。泰則先生に伺うと、この大工さんはご自分の従兄だと言うし。

私が集落の寄り合いで最初にお顔を拝見したのは泰則先生ではなく、お父上の勘次郎さんでした。背筋がしゃんとしていて、物腰も泰然。周りの農家の親父さん達とどこか違う感じです。聞けば元軍人だった由。お名前から次男を想像すると、農家を継ぐのは長男ですから、軍人を志願したことは容易に想像できます。そしてお母様もしゃきっとした受け答えをする明るい方でした。このご両親が泰則先生の人間形成になんらなの影響を与えたであろうことは容易に想像できます。

ところで、この集落の一員になって知った「岩本さん」はまず大工の棟梁、そして八郷町の町長さん。次に知った「岩本さん」が実は泰則先生ではなく英子先生でした。

須釜集落の一員になってほどなく、地元の音楽の先生に誘われて歌のサークルに入りました。童謡を中心に日本歌曲も歌えるというので参加したのですが、町の公民館大ホールでする年一回の発表会が近づくと、練習は毎週夜七時から九時になります。大人にまじって中学生の少女がいて、彼女を迎えに来るご婦人が実は英子先生だったのです。そして少女の名は恭子さん。子供のころからピアノを習っていただけなのに、声がきれいということで急遽歌のメンバーに入れられたらしい。

そういえば、高校生の恭子さんが大ホールで歌った「アメイジング　グレイス」は今も私の耳の奥に残っています。

当時の葬式は決まって自宅でしたもので、当家の向う三軒両隣の女性が来客用の料理つくりにあたります。どこの家も土葬でしたから、「六道」という墓堀人への接待は特別でしたし、当家に縁戚が多いと接待に三日も費やすことになります。英子先生がほかの奥さん達に混じってかいがいしく働いているお姿を、私は何度か目にしたことがあります。

私が泰則先生と直にお話するようになったのは、八郷町民文化誌「ゆう」の原稿依頼を通してでした。

この雑誌は私が地域のひと周りも若い友人たちと一九九二年にはじめたもので、年一回発行。続く十五年間に13号まで出し、石岡市と合併を機に終わりとしました。

大学生になった恭子さんは、「ゆう」第3号に「When I fall in Love with Music」のタイトルで、ご自分の音楽との出会いについて確信に満ちた文章を載せています。

英子先生は第6号で、「息子へ」と題し、大学在学中の裕志さんに語りかけるようにして、二歳、三歳、・・・六歳までの育児記録の断片を綴っています。

英子先生のわが子に注ぐこの無償の愛こそ、泰則先生がご自身の妻に心の底から惚れた…つまり本書が書かれるべくしてある根源だったのでしょう。

その泰則先生は、2号に「数学を学ぶこと、教えること」、3号に「数学に夢を　中学校の授業から」、続く4号に「生きることとの意味を考える　中学校の授業から」、そして10号に園部中学校長としての記録「森はこうしてできあがった」の原稿をお寄せくださった。

泰則先生の文章を読むと、昭和を代表する教育者で歌人でもある斉藤喜博先生の影響が感じられます。島小学校での十一年間の教育実践、子どもの可能性を広く授業に取り入れた斉藤先生の影響が感じられます。果たせるかな泰則先生も英子先生も共に斉藤先生の教えを直に受けたとおっしゃっていました。岩本ご夫妻は家庭ばかりか教育においても心が一体だったということです。

雑誌「ゆう」に載っていた泰則先生の小学一年生のクラス写真を見て、一瞬笑いが噴出したことがありました。小学一年生の顔がそのまま今の泰則先生の顔だったからです。おそらく純粋な心が昔も今も変わらずにあるからでしょう。

須釜集落の中心から外れて田んぼの続く道を山際に沿って進むと、小高い山の中腹に私の家があります。夕方、時には昼日中にも、わが家に向けて車を走らせていると、遠くに二人づれのゆっくり歩く姿をしばしば目にしたものです。バックミラーごしに見ると、それは泰則先生と英子先生。英子先生の重篤なご病気は知っていましたものの、私はただ無事回復されることを祈るしかありませんでした。

英子さんの思い出

小泉　眞理子

英子さんというとまず思い出されるのは、彼女の笑顔です。子どもたちの話に耳を傾けている時、私達とおしゃべりしている時、いつも笑顔がありました。にこやかな笑顔を見ていると、私達の心も和やかになるのでした。

私が初めて英子さんと会ったのは、私が旧久賀小学校に、彼女が藤代小学校に勤務していた時でした。最初どんなきっかけだったかは覚えていませんが、一緒にいろいろ勉強したことは今でも懐かしく思い出します。

私は教師養成の学校を出ていなかったので、教育用語も殆ど知らずに教職につきました。ですから、どんな教育者がいて、どんな実践をしているのかなど、全く知りませんでした。職員室で話される専門用語にも戸惑っていました。そんなとき、久賀小に菊地邦夫先生が赴任してきました。菊地先生は私があまりにも専門性に欠けていたので、育てなければと思ったのか、たくさんの本を私に貸してくれました。まるでカリキュラムを組んで教育するかのように、次々に読むべき本を揃えてくれたのです。その中に斎藤喜博の本もありました。斎藤喜博の実践記録は、私が自分の受けた教育を通して知っていた小学校教育とは全くと言って良いほどかけ離れたものでしたが、これだ！　という思いを私に感じさせました。

そんな頃、英子さんと出会ったのだと思います。英子さんは斎藤喜博を尊敬していて、一緒に実践記録を読んで話し合ったりするようになりました。その中には「島小物語」「学校づくりの記」などがありました。写真集「未来誕生」に写っている子どもたちの表情に感動を覚えたのを今もはっきり覚えています。

英子さんと一緒に仕事をするようになったのは、旧久賀小と藤代小学校の一部が合併して新しい久賀小が誕生した時でした。英子さんは4年担任で菊地邦夫さんと同じ学年でした。私は1年担任だったので、同じ学年を組んだことはありません。私たちは島小を真似て、全校合唱に力を入れました。子どもたちの輝く瞳を求めて、朝礼のときに歌う「朝の歌」を選択し、新任の音楽教師とともに取組みました。集中した時の子どもたちの澄んだ瞳に私たちは大きな喜びを感じ、ますます力を入れるようになりました。

この頃私たちは作文教育にも力を入れていました。「作文と教育」に載っている子どもたちの作品を参考に、自分たちの子どもの作品を読み合って、「表現を通して子どもたちの生きる力を育てる」にはどうしたらよいか考えたりしました。今思い出しても楽しく充実した時間でした。

英子さんはしばらくして産休に入り、その後他校へ転任したり、子育てで忙しかったりで、実質的な交流は殆どなくなってしまいました。そのうちに私は教師を辞めてしまいましたので、ますます交流の機会は減ってしまいました。

今思えば、もっともっと交流しておけば良かったと思います。まさか、こんなに早くお別れしなければならないとは思ってもいませんでしたので、あちらで元気に教育に勤しんでおられるとばかり思っていました。それがとても心残りです。英子さんのご冥福をお祈りいたしております。　合掌

母親になってわかった母の思い

福田　恭子

母が亡くなってもうすぐ5年です。1年生だった長女は5年生に、2歳だった長男は1年生になります。母のことを思い出すとすぐ涙が出てきてしまった私も落ち着いて母のことを思い出せるようになりました。母との思い出はたくさんありますが、母親になってわかった母の思いが二つあります。

一つ目は、小学校の教員だった母は私の入学式、卒業式、運動会など行事が重なることが多かったのですが、母が来てくれなくて悲しかったという思いは不思議なくらい残っていません。母は私に切ない思いをさせないために、入学式や卒業式の朝には赤飯を作り、運動会の朝には弁当箱を開けた時のことを考えて、3時に起きて弁当を作っていたことを大人になって知りました。

二つ目は母の涙です。いつも笑顔だった母が一度だけ泣いていたことがあります。私が大学入学と同時に一人暮らしをするために引っ越しを済ませて別れる時でした。これから始まる大学生活に心躍らせていた私は、寂しいのはわかるけど泣くことはないだろうと思っていましたが、母親になった今、あの時の母の気持ちがよくわかります。娘が18歳で家を出てしまうのは本当に寂しいことです。

母の死後、私はずっと避けてきた小学校の教員になりました。大学で教育学部に進みましたが、卒業するとき、教員は大変だから、休みはきちんと休めてプライベートも楽しめそうな客室乗務員になり、結婚し、子供が生まれてからも、教員は大変だから、週三回の料理教室の講師になったのに、です。現在、30年前の母と同じように働きながら子育てをしています。仕事と家庭との両立は毎日あっという間に過ぎていきます。母もこんな思いだったのかと思いを巡らせながら、母のように忙しい毎日でも自分の子供の勉強つまずきに気付いたり、気持ちの変化に気付くことができるのだろうかと思うこともあります。母の遺言の一つ、「子供の教育に手を抜かないこと」を実践するのはなかなか大変です。母がどんな思いで私と弟を育ててくれたのかと思うと胸がいっぱいになります。

母があのとき言っていた言葉はこういうこういうことだったのかと話せる母がいないのは寂しいですが、母の思いに、感謝しながら私も母親として子供達に色々なことを伝えていきたいと思います。

もっと話をしたかった、美月にもはるかにも会わせたかった

岩本　裕志

「・・・・でごめんね」

・・・の部分ははっきりと覚えていないが、今から20年前、私が自然気胸になったときに母からかけられた言葉だ。

自然気胸で入院していたのはちょうど冬季長野オリンピックが開催されていた期間中で、冬季オリンピックが開催されるたびに、入院生活のことや、病室で見たオリンピック、そして日本選手の金メダルに勇気づけられた当時のことを思い出す。今回発行され

る本のタイトルを聞き、冒頭の母の言葉が浮かんできたのだった。

言われたときは、「そんなことどうでもいいよ」と思い、そう返したと思うが、同じ言葉をかけられた父はどう思ったことだろう。

ここへの寄稿を頼まれたとき、改めて母とはどういう存在だったのだろうと考えた。一言でいえば岩本家をコントロールする影の「ボス」、だったのではないかと思う。とはいえ、母は「私の母」であり、それ以外の何物でもない。ただ、もっと話をしたかった。美月に会わせたかった。もっといえば、今栄子（妻）の中にいる子にも会わせたかった。それが今の気持ちだろうか。

母としてどうだったか、ということは姉が書いてくれていると思うので、私は母に関するエピソードを紹介しようと思う。

仕事柄、私の職場の周りでは、母が退職時に勤めていた小学校の父兄だった方と会うことがあり、「いい先生だね」「あんな先生いないよね」と言われることが多々あった。先生としての母を知らない私は、誇らしい反面、戸惑いも覚えた。

逆のエピソードも紹介したい。

私の釣りの師匠の一人にAさんという人がいる。今から10年くらい前、私がブラックバスの管理釣り場に通っていた時に管理人をしていて知り合った人で、年は父と同年代、東京湾の漁師の家に生まれ幼少のころから釣りに親しみ、在職中もあらゆる釣りをしながらバス釣りに出会い、脱サラし、潮来に単身赴任して個人の釣りガイドを始め、年間300日以上も湖上に出、北浦の主と呼ばれるまでになった人だ。前職が私と同じだったということもあって、管理釣り場に行っては釣りの話だけではなく、いろいろな話を聞かせてもらったりして、今も仲良くさせてもらっている。この話をしたとき、母は怪訝そうな顔をして、何の反応もせずにただ聞いていたのを今でも覚えている（そんなAさんは今、釣り具メーカーのアドバイザーとして全国を飛び回り、まだまだ現役で活躍している）。

また、私がフライフィッシングの竿の振り方を教わったBさんは、私と同じ職場の人で母の勤めていた学校区の人でもあり、母も知っていた人なのだが、いろいろ教えてもらっているという話をすると、「変わった人だから」と言って、あまり関わってほしくないようなことを言われたこともあった。

どんな人とも分け隔てなく接する先生の顔としてのエピソードからは信じられないことかもしれないが、これも母の一面であり、人間臭い部分もあった、ということをここに書き記しておこうと思う（いいよね？）

家族、特に子供のこととなると、親とはこう考えるものなのだろうか。自分も遅ればせながら家族を持つことができた。この春にはもう一人家族が増える。この答えはこれからわかるのかもしれない。

〔追記〕

3月20日、女の子が誕生した。逆子だったが、元気に生まれてくれた。彼岸の入り、栄子が入院する前日、美月が母の墓前で「元気に生まれますように」と線香をあげてくれたおかげかな。

母さん、かわいい女の子3人と1匹に囲まれて元気にやってるよ。谷和原のじいちゃんに口を酸っぱくして言われた命のバトン、美月とはるか（漢字きまったら入れ替え）につないだよ。

生んで育ててくれてありがとう。

あとがき

二〇一八年二月十五日、生前、妻が「必ず行こうね」と言っていたマチュピチュに立つことができた。到着した頃は霧が深くかかっていたのに、いつの間にか霧が晴れてその全貌が目の前に現れてきた。空気もすがすがしい。なんという景観なのか。芸術作品のような空中都市である。

「実際、マチュピチュに立って、ウルバンバ川の深い谷間の流れを見下ろし、目が痛くなるほど白い雪をいただいたビルカコンガの山なみをみはらすとき、これは、地上で一番壮大でうつくしいながめのひとつではあるまいか、と言う気持ちにおそわれる」（増田義郎著「インカ帝国探検記」）。

そんな絶景を目前にして、「母さん、これがマチュピチュだよ。ありがとう・・・」といつの間にか呟いていた。

一つの区切りのような旅を終えた。そして、妻が旅立って間もなく5年目を迎えようとしている。あの悲しみのどん底から、「わたしの分まで強く生きてください」という妻の言葉をお守りにしながら、何とかここまで生きてくることができた。息子や娘たち家族、そして私を取り巻く多くの方々の支えのお陰でもある。

そして本書をまとめることができた。ここに収めたものは、私達夫婦がその時々の心の状況を書き綴ったものである。私も又妻と同じように書くことによって、その時々の困難な状況を乗り越えることができたように思える。その集大成がこの一冊である。

一冊の本にまとめる中で、世の中には、私の妻のような思いをしながら闘病したり、その傍らで私と同じような苦悩や悲嘆を味わっている方も数多くいるのではないか、そうした方々に、この一冊が少しでもお役に立てれば有り難いという思いがわいてきた。ただ、これが「がんからの生還の記録」になっていたら、読者をどんなに励ますことができたかと悔やまれてならなかった。

本書に、私たち夫婦に深く心を寄せて下さっていた方々からの寄稿文と弔辞を掲載することができた。快く引き受けて下さったことに感謝の気持ちでいっぱいである。又発刊に当たって、合田寅彦さんからは大変貴重なアドバイスをいただくことができ感謝の気持ちでいっぱいである。

妻は、「一生に一冊の本が出版できたらいいね」と言っていた。その言葉に押され、退職後一冊の本、「学びの共同体をめざして―公立中学校での学校改革」を出版することができた。その時、妻が自分のことのようにとても喜んでくれたことが脳裏に浮かんでくる。そして2冊目の本が本書になったのだが、それが「妻に捧げる」になるとは思ってもみなかったことである。ただただ妻への感謝の気持ちが込み上げてくる。

最後になるが、本書は、一莖書房の斎藤草子さんからの「奥様のこと本にしてみませんか。奥様のために」が発刊のきっかけである。書き始めてから3年、斎藤さんに何度も何度も励ましの言葉をいただきながら完成することができた。斎藤草子さんは私たちがともに師と仰いだ斎藤喜博先生の娘さんであり、その縁に感謝しながらの発刊である。こんなにうれしいことはない。改めて感謝申し上げます。

二〇一八年四月

岩本　泰則

〈著者紹介〉

岩本　泰則（いわもと　やすのり）
1947年生まれ。茨城大学卒業。茨城県内公立小中学校、茨城県南教育事務所学校教育課長等を歴任、2008年石岡市立柿岡中学校長を定年退職。その後、つくば国際短期大学准教授、石岡市教育委員、茨城学びの会代表等を歴任。現在、学びの共同体スーパーバイザー。
主な著書「学びの共同体をめざして－公立中学校の挑戦」（一莖書房）
現住所　茨城県石岡市須釜1217

がんの奥さんでごめんね

2018年5月12日　初版第一刷発行

著　者　岩本泰則
発行者　斎藤草子
発行所　一莖書房

〒173-0001　東京都板橋区本町37-1
電話 03-3962-1354
FAX 03-3962-4310

組版／フレックスアート　印刷／日本ハイコム　製本／新里製本
ISBN978-4-87074-212-3　C3037